U0022189

英文自然學習法 三

大西泰斗 Paul C. McVay 著

張慧敏 譯

Original material : Copyright (c) Hiroto Onishi and Paul McVay 1997
"This translation of Native Speakers' English Grammar 3 originally
published in Japanese in 1997 is published by arrangement with
Kenkyusha Publishing Co., Ltd."

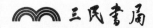

三民書局

序

死背法肯定「徒勞無功」；感覺法才能「事半功倍」。

算算自出版「英文自然學習法」系列叢書以來，本書已經是第三集了。相信大部份唸過前兩集的讀者都會肯定那兩本書對學習英文文法的效益，而且會相信「學習英文文法並不是件困難的事」。

事實上，外國人在學英語時，並不會去讀一本又一本厚厚的文法書，也不需要背誦一大堆複雜的文法規則，因為如果英語真是那麼複雜難纏的玩意兒，我想沒有人有本事可以輕鬆愉快地說英語。所以請大家試著了解，你們平常覺得艱澀難懂的文法，在外國人的眼裡，只不過單純地靠「直覺」就可以輕而易舉擺平的。

「英文自然學習法」系列叢書與市面上文法書最大的不同就在於，本系列的書要讓各位覺得英文文法是再簡單、再單純不過的學問了。我們並沒有列舉一大堆的文法規則，而是試著將外國人對英語那股發乎自然的感覺闡述出來；事實上，這也才是學好英語最有效的方式。

既然本書選定了以「英語感覺」為主題，那麼我們就特別以外國人的學習感覺作為重點，其餘的就不再贅述。同時請注意，這裡所談的「感覺」，可不像其他書本所描述的「虛構故事」一般，而是將外國人的真實感覺，設法透過字裡行間清清楚楚地讓各位明白。所以請你放開心胸輕鬆來讀讀看吧！相信只需要些許的時日，你一定會發現自己愈來愈有外國人唸英語的感覺了。

大西泰斗
Paul C. McVay

英文自然學習法三

目　次

序

第Ⅳ章　舉足輕重的四小巨人

後　記

參考文獻

第 1 章

「兔子和鴨子」的秘密

§1 外國人說英語的感覺

　　歡迎光臨「英文自然學習法」系列叢書！出版本系列叢書的目的，就是要引領大家親自來感受外國人說英語的「感覺」。

　　要想讓英語成為自己的一部份，你就非得了解外國人對英語的感覺不可。因為唯有當你的腦袋頻率對準了發射電波時，才會一下子恍然大悟，原來以往一直摸不透的文法規則及單字用法，說穿了也只不過是這麼簡單的道理罷了；而且，這些觀念光靠死背是會意不過來的。尤其像那些懂得思考、舉一反三的人，硬是強迫他們機械式地死記，那簡直比別人拿把刀架在他們脖子上還要痛苦。相信死背過參考書的人應該都有相同的感受吧！

　　在《英文自然學習法一》書中，特別將國人覺得概念模糊，但事實上卻是相當簡單的觀念，比如： a/the、可數/不可數名詞等的區別，做了一番詳細的解說；此外，在之後續編的《英文自然學習法二》書中，也特別讓各位利用單純的「感覺」來學習各種介系詞的用法，相信應該可以讓各位留下深刻的印象。

　　對學英語的人來說，重要的不是去背一百個或二百個的文法例句，而是要能體會出「外國人的感覺」，順著這種感覺自然而然地應用在每一個情境內，這才是最重要的。

　　本書中所說的「英語感覺」，包括了助動詞、敬語用法以及所謂 up, down, out, off「方向、位置」等的表現，如果英語中少掉了這些字句，相信運用起來一定會覺得缺手缺腳的。但不幸的是，這竟也是大部份國人在學英語時，最容易遇到挫敗的地方。

　　對上面所說的表現用法，用死背的方法是絕對學不來的，唯有培養高敏銳度的感覺來表現它們，才是學習的唯一正途。而

且，學習的道理相當簡單，單單只需要一個觀念，那就是：

> ### 兔子和鴨子

的原理。怎麼樣？覺得好玩吧?!不過你可千萬別小看它的存在哦！只要能融會貫通這個原則，相信你的英語表達能力一定會突飛猛進的。

　　不過，我們在這裡要先賣個關子，讓各位先了解一下所謂「英文文法之神」的真面目，至於「兔子和鴨子」，等一會兒再解釋給各位聽，就請你們耐心地期待吧！（嗯？怎麼？你好像不太高興哦？想先知道「兔鴨原理」嗎？別急！別急！請先耐著性子看下去……）

§2 英文文法之神

「你說什麼？不懂得『兔子和鴨子原理』就不知道 up 和 down？不至於吧！up 是『上』、down 是『下』，早該知道的嘛！就算不會，現在也應該會了吧！一秒鐘就可以記住了吧！一秒鐘哦！**get up, wake up** 是『起床』的意思，**up to** 是『全憑～』的意思，**look up to** 是『尊敬、看得起』，也就是 respect 的意思；相反地，**look down on** 是『輕視、看不起』，也就是 despise 的意思。」

確實，就像「英文文法之神」所說的，up 表示「上」、down 表示「下」，但光是這樣就夠了嗎？下面先讓我們看看 up 的其他例子，再來決定它的定義。

Time is **up.**
（時間到了）
It's all **up** with him.
（他已經不行了）
Listen **up**!
（你給我聽好）

雖然「英文文法之神」教大家背「**up to**＝全憑～」，但事實上 **up to** 的解釋卻有好多：

Up to four passengers may ride in a taxi.
（最多可載四人）
You are not **up to** the work.
（無法勝任）
What's she **up to**?
（企圖、打算）

這些用法相信你經常會在日常生活對話中聽到，所以並不能算是特殊用法。

如果你以為只要把「英文文法之神」所教你的 **get up, wake up, look up to**…等的「必考例句」背熟，就可以萬無一失，那你就大錯特錯了。up在日常生活中所衍伸出的片語數之不盡，它複雜又多變的意思也可想而知。各位是否記得以前背那些片語時背得一個頭兩個大，但沒多久的時間卻又馬上忘得一乾二淨了呢？因為那是學英語最笨而且又最無效的方法！現在就請你換個方式，試試去「感覺」它真正的含意吧！相信不用花多大的精力，一定就可以學會而且可以很靈活地運用出來……。說不定連「英文文法之神」都會改用我們的妙方呢！

好，讓各位久等了，現在就讓我們歡迎「兔子和鴨子」上場吧！

§3 「兔子和鴨子」原理

在這裡先介紹什麼是「兔子和鴨子」。請各位仔細地看下面的圖片。乍看之下，是不是發現它一會兒是「兔子」，一會兒又變成了「鴨子」呢?

透過人的眼睛，一件事物可以有多種不同的註解。不只是這裡所舉的「兔子和鴨子」的例子而已; 有人在三更半夜時，突然會被自己看到的鬼魂幻影嚇得魂飛魄散，等鎮靜下來後，才又發現那只不過是像你、我一樣的路人甲罷了。人的眼睛就是這麼有趣的玩意兒!

語言也是相同的道理。

平常儲存在腦袋裡的一個單純印象，事實上卻可以藉由不同的情境，變化出多彩多姿的意義。之前我們提到的up, down, off, out 等，就是最好的例子。

現在，我們就試著讓腦子裡的想像引擎開始運轉吧! 當腦波調到準確的頻道，也就是當你體會到了與外國人相同的「感覺」時，你就可以遊刃有餘地運用英語，而不再需要死背了。

另外，請各位不要以為體會英語的感覺有多難，因為外國人是人，我們也是人，所以對語言的感覺是大同小異的。儘管當中有些微的不同，但通常只要多一些細心的揣摩，應該都可以感受

得到的，所以請儘管安心吧！一旦頻率調對了，不怕你不會，只怕你腦袋容量不夠裝呢！

關於「助動詞」的用法也是一樣的。你以為背了「英文文法之神」所教的制式用法：「must 是『必須、一定』，may 是『可以、或許』」之後，就可以打遍天下無敵手了嗎？錯了！其實助動詞的世界是相當深奧而且廣泛的，現在就等大家調整腦波頻率，一起將它發揮個淋漓盡致。怎麼？是不是正準備摩拳擦掌，禁不住地想躍躍欲試了呢？

好了，現在就讓我們正式去感受英語吧！首先從我們最感頭痛的「助動詞」開始，相信各位只需要幾個小時或幾天的時間，一定就可以巧妙地加以運用，來顯現出你豐富的英語知識。

第 11 章

多彩多姿、生動活潑的助動詞

　　各位在讀國中、高中時，是否都曾很努力地把每一個助動詞的意思背下來呢？比如：will 是「未來將……」，must 是「必須、一定」，can 是「可以」……等？但當你碰到

Boys **will** be boys.
（男孩就是男孩）
That **can't** be true.
（那不可能是真的）

這類相當多「變形例句」出現時，你是不是就沒有辦法全部一一背下來了呢?! 沒錯，用死背的方法是絕對行不通的。

　　每個助動詞本身有屬於它自己的特殊含意，而我們該學的，就是去感覺這些特殊意義，在使用英語時再將它們一一表現出來。舉凡信念、勵志、諷刺、煩躁等情感，都可以巧妙地運用助動詞傳達出來。所以請好好地掌握本章節所要教給各位的感覺吧！學習方法相當簡單，就是先前提到的「兔鴨原理」。

　　只要能學會這些助動詞的用法，保證比你背上數百個單字都還要來的有用。

§1 PRESSURE 的 MUST

　　在尚未正式開始學習前，先讓我們來做個暖身操。我們從助動詞中用法較簡單的 must 開始，來熟悉一下所謂的「兔鴨原理」。各位應該相當了解 must 的兩個意思：「非～不可」及「必定」。但事實上，在外國人的想法中卻壓根也沒有意識到它有兩個意思。因為乍聽之下，這兩者間並沒有關連；但是這個道理其實就像觀看兔子和鴨子的圖片一樣，你會發現它一會兒是鴨子，一會兒又變成了兔子，所以事實上它根本就是同一件東西。

● MUST 的基本印象

Must 的基本印象

首先，請各位抓住 must 的基本印象，只要能接受這種感覺，就可以和外國人一樣加以廣泛地運用。

你是否以為外國人和我們一樣，硬是將 must 分成兩種不同的意思：①非～不可；②必定呢？如果你這麼想，那你可就大錯特錯了！因為這兩個意思基本上有一個共通的概念，也就是如圖片所表示的 pressure（壓力），而且是一種比你潛意識中想要抵抗還來得強的壓力。

● 基本印象的延伸

既然說到 must 是一個基本印象：壓力，那麼各位是否知道它又是如何透過一種印象來衍伸出兩種不同的意思呢？

① **I must** go now. （非做不可）

當宴會中你聽到一位客人說：I must go now. 時，他可不是在考慮「該走了嗎？走比較好吧！」而是他有一股強大的「壓力」，讓他覺得非離開不可了。當然囉！每個人有每個人的「壓力」原因，像作者就是因為有截稿的壓力、而有人是要在家裡母老虎發威之前趕快回到家等等。總之，不管是那一種理由，這股強大的「壓力」會讓說話者有種被緊緊逼迫的感覺。

You **must** do it by 10 o'clock.

句中的 must 含有極強的「壓力」意味，一旦向對方說出口時，同時也伴隨著強制的「命令」味道，讓聽者感受到一股緊逼的氣氛。

---

② She **must** be mad.（一定）

先前提到的「非～不可」及「一定」，乍聽之下並沒有關連；但事實上，後者的「一定」和「非～不可」一樣含有「壓力」的意味。我們現在就以 "She must be mad."（她一定是瘋了）為例，來做個詳細的說明，相信你一定很快就能理解的。

有一家非常高級的法國餐廳，他們採用精美的餐具，並且雇用美麗的女服務生來服伺客人。大家猜想會來這家餐廳用餐的客人，「一定」都是風度翩翩而且舉止高尚的紳士及淑女。但奇怪的是，現在餐桌上坐的竟是一位像從生下來就不曾洗過澡的小女孩……。而且店裡竟賣了那麼一大碗的麵給她！啊！她竟拿著湯匙鏘鏘地敲打盤子？啊！啊！現在她竟然拿兒童遊戲鈔票在付錢……?!

She **must** be mad!
（一定是瘋了）

你現在是否明白我們想要傳達的意思了呢？所謂的「一定」，決不是單純地靠推斷就可以下結論的。在它的表象背後，或多或少都必須有支撐它的理由存在。也就是在高度的「壓力」之下，

經過各方的查訪及證據搜索之後，才能確信「她一定是瘋了」這個訊息。現在讓我們再多看幾個例句。

> The meeting **must** still be in progress.
> （等著遲遲未歸的丈夫: 一定是還在開會）
> You **must** be joking!
> （確信聽到了不實的謠言: 少開玩笑了）

上述的 must ，說話者都有十分充足的理由來支持他的結論，讓聽者感受到「壓力」的存在。因為有絕對的理由，所以說話者才會如此地斷定。

經過上述的解釋，你應該就不難理解到，must 並沒有兩個不同的意思，而只是藉由它基本的「壓力」觀念所引申出的兩個解釋罷了。啊! 抱歉! 一不小心多說了點理論，我們就此打住。總而言之，就是單純的「兔子和鴨子」原理，就這麼簡單。

我們已經解釋完「兔鴨原理」了。欸? 你說什麼? 「must 就這樣解釋完了? 太簡單了吧!」放心，還早呢! 接著，我們還有更精采的說明，讓各位對外國人的感覺有更深一層的體會。

● MUST的壓力

助動詞 must 的主要關鍵就在於「壓力」，由於外國人就是靠這種感覺來活用它，所以我們也有必要再針對「何種壓力」來做進一步的探討。

must 的壓力感覺是不容分說的，而且其中也蘊藏「命令」的意味，從下面兩個幾乎相同的例子中你就可以了解。

> You **must** say you're sorry.
> Say you're sorry.
> （道歉）

所以說, must 的命令語氣也是相當強的。

命令

行為・判斷

a. I **must** do my English home-work.

（我非寫功課不可）

b. Everyone **must** be there by 7 o'clock.

（所有的人必須在七點前集合完畢）

c. You **must** have dialled the wrong number.

（你一定是撥錯電話號碼了）

請先看 a.句。說話者所以會這麼說, 可能是因為功課非常重要或是老師很兇等, 讓他覺得做功課是一件非完成不可的事; b.句也是同樣的情形, 說話者讓人聽起來是「命令」大家要集合; c.句雖然譯為「一定」的意思, 但也含有「命令」的意味。因此, must 的「壓力」和「命令」其實可看作是同性質的。

如此拐彎抹角地說了一大堆, 無非是希望各位能感受到助動詞 must 有「壓力 = 命令」的性質; 到這裡, 相信你應該已經相當了解了吧!

❶ must 沒有過去式的理由

你或許一直不解, 為什麼 must 沒有過去式呢? 當你要闡述過去的事件時, 就必須借用 have to 的過去式 had to 來表現, 相信以前學校考試時一定也考過這類的題目吧! (*符號代表不自然的用法)

*I **must** go yesterday.

I **had to** go yesterday.

（昨天非去不可）

「現在」感受到一
股強大的壓力

我們既然已經知道 must
含有「命令」的意味，那麼，
為什麼不能有過去式的命令呢？
因為所謂的命令，就是不論你
做什麼事或是怎麼做，都會在
當下的那一瞬間感受到那股壓
力。如果是過去式的 must，
可能就無法有當場被壓迫接受
命令的感覺了。

❷「一定」沒有未來式的理由

你是否覺得很不可思議，為什麼「一定」沒有未來式，而只
有現在式及過去式的形態呢？

Look, that **must** be him.

（那一定是他）〔現在〕

He **must** have caught the wrong train.

（他一定是搭錯車了）〔過去〕

Tom **must** leave here tomorrow.

（湯姆明天非離開不可）

這個句子就無法解釋成「一定是離開了」。為什麼呢？因為 must
必須要有「確實的證據」才能支撐未來將實現的事，所以可以用
「非～不可」來傳達命令；而未來還沒發生的事，是無法用「一
定」來解釋不確定性的「命令」。你想通了嗎？

❸ must 和 have to 的區別

廣義來說，must 和 have to 的意思幾乎是相同的。

He **has to** do it.
（非～不可）
He **has to** be joking.
（一定）

所以在大多數的用法上，使用任何一種意思都不變。但嚴格說來，兩者之間還是有些微的差異。如果你能徹底了解，相信在使用上必定能拿捏得更得宜。

同樣都解釋成「非～不可」，但 must 基本上有「命令」的意味，而 have to 則為「必要性」。你可能仍不太能體會吧！我們舉個例子來說明一下。

You **must** get your hair cut.
（你非剪頭髮不可）〔因為看起來很礙眼〕
You **have to** get your hair cut.
（你非剪頭髮不可）〔因為會妨礙工作〕

這樣，你能體會到這兩者之間的不同了嗎？說話者用 must 是基於單純的「命令」口吻，是他個人單方面的想法；而 have to 則是訴求於「有必要」如此做，是從客觀的立場為出發點來考量的。讓我們再看下一個例子。

You **must/have to** stop smoking.

must 僅是說話者單方面的「命令」，have to 則或許是因為「對方懷孕了」或是「醫生禁止」等客觀的理由，所以才被要求停止抽煙。

He **must/has to** go on a diet.
（他非減肥不可）

解釋到這裡，你應該已經充分了解這兩者的區別了吧！我們現在舉一反三，套用在「否定句」上，相信你一定也可以感覺得出來這兩者之間的絕大不同。

Mr. Wilson **mustn't** attend the meeting.
（不被允許出席：禁止）
Mr. Wilson **doesn't have to** attend the meeting.
（沒有必要）

想通了嗎？must not 為「命令不可以出席」，但「命令」的本身是不能被否定的，所以用 must not 這種否定命令的語氣會覺得蠻奇怪的。如果再換成「不命令做～事情」，那又更奇怪了，我想你一定也不懂這句話的意思。但否定「必要性」則又不一樣了，因為「不必要、沒有需要」這種否定用法聽起來就相當自然。如果你能感受到這兩者之間的微妙差異，那麼，相信下面的例句你一定可以很容易地區分出來。

You **don't have** to come at 8, but you **mustn't** arrive later than 9:30.
（你不用趕八點來，但也不可以超過九點半才來）

很容易吧！

　　must 解釋到這裡也差不多告一段落了。林林總總說了一大堆，總共也不過只有「兔子和鴨子」以及「must 的壓力＝命令」

兩個概念而已。最後，我們設計了幾個練習題，希望各位能和外國人一樣，用「感覺」來處理以下的情境。

Situations

不論是「非〜不可」或是「一定」，它們的基本含意是一樣的；就像一個圖案不管是「兔子」還是「鴨子」，雖然解讀意思可能不同，但事實上卻都是同一個主體。只要能根據不同的場合做適當的變化，就可以一會兒變兔、一會兒變鴨了。這也就是外國人能夠如此活用助動詞的竅門所在。

在這個練習題中，希望各位也可以像外國人一樣，面對不同的情境，做出不同的變化，讓助動詞的「本色」可以完完全全地發揮出來。圖片上的人靠臉孔表情來表達他們的心情；同樣地，助動詞也要靠談話情境來發揮它的功效。

➠ Situation 1

You must eat it.

助動詞的微妙差異是根據說話情境的改變而產生的，請各位先看看圖片。雖然兩張圖片都是運用 must 的同一句話「非做不可」，但從A圖的表情可以判斷出說話者是以一種強制的說法命令聽者「吃下去」，而B圖則只是用較強烈的勸告語氣告訴對方「非吃不可」，和A圖比起來，B圖比較站在替對方考慮的立場，好心好意地「請」對方吃下去。相信你也有同樣的看法吧！讓我們再次強調，助動詞的意思是取決於說話當時的整體情況。

▦▸ *Situation 2*

Why must you always leave the toilet seat up?!

這句話直接的意思是：「為什麼你總是非得把馬桶蓋掀起來不可？」但事實上，說話者真正想表達的意思卻是：「你有什麼理由非這麼做不可嗎？」〔我看是沒有，所以你不可以再這麼做了。〕聽者的行為讓說話者覺得很困擾，所以想表達出內心不滿的情緒。如果你可以領悟出這種感覺，相信你一定馬上就能融會貫通下面的例句。

Why **must** we always go shopping on Sundays?
（為什麼我們總是非得在星期天去逛街不可呢）

➡ *Situation 3*

If you must yawn in my class, please cover your mouth!

看! 相信你應該已經抓到訣竅了吧!?這句話的字面翻譯是:「如果你非得在我的課堂上打哈欠, 那麼就請你用手把嘴巴搗起來。」實際上的意思是:「因為你沒有非得在課堂上打哈欠的理由, 所以你這種行為讓人覺得厭惡。」

　　must 的講解到這裡已經全部告一段落了。最後我們利用下面的圖片來總結 must 的「兔鴨原理」。

Must 的兔鴨原理

　　在我們說明了從「外國人說話的感覺」中的一個單純印象，衍伸出豐富的意義及微妙的差別之後，相信各位應該對這點有相當的了解了吧！具備這種感覺之後，各位的英語才算是朝著英語為母語者的英語能力向前邁進了一大步。

　　好了，暖身運動已經做夠了，現在就讓我們準備接下第一招: will 吧!

§2 POWER 的 WILL

　　will 的被使用率相當高，而且由於它的多變性，一直讓人覺得它是一個很難學的助動詞。但我相信它應該不會再是各位的困擾了吧?!因為各位應該已經學會了「兔鴨原理」，所以再難的will 也不會是各位的敵手了。

● WILL的基本印象

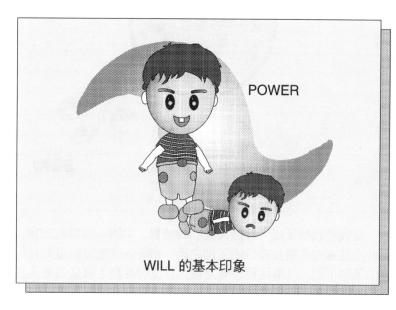

POWER

WILL 的基本印象

說到 will 的基本印象，或許會讓你覺得訝異，那就是 POWER（力量）。will 就廣義上來說，可以解釋成兩個意思，但兩者基本上都含有 power 的意味。

● 基本印象的延伸

大方向來說，will 有兩種意思，一是「預測」，一是「意志」。那麼 POWER 是如何和這兩者有關係的呢?

① She **will** be in Taiwan by now.（肯定的預測）

首先我們先談談「預測」。在上文中，說話者預測「他現在應該已經在臺灣了吧!」所以說，will 也可以不只用在未來式，下面的例句也是預測現在的情況。

He'**ll** still be sleeping.
（還在睡吧）

如果藉助 have 的用法，will 還可以預測過去的事呢!

As you **will** have realized, we are having problems with the air-conditioning.
（你如果注意到，應該發現冷氣有問題了）

欸? 你問我 power 的感覺在哪裡? will 不像待會兒我們在後面要解釋的 may 一樣，有可能猜對了，但也有可能會猜錯。說 will 時，代表說話者有相當高的確信度來預測一件事，所以幾乎可以把它換說成「確信是這麼一回事」。

You'**ll** catch the train if you run.

說話者在說這句話時，可不是抱持著「如果你用跑的，說不定還

可以趕得上」這種不確定的口吻，而是他相當確信「如果你用跑的，一定來得及」。這樣你是不是就可以感覺到 will 相當 POWERFUL（強力預測）的能力了呢?

will 和我們的「或許」一樣，無法相當客觀地預測事情，所以有時幾乎是不可能，但有時也可能會完全猜對。

The world **will** end in the year 2005.
（近乎0%的準確率: 2005年大概就是世界末日了吧）
The Blue **will** win the league this year.
（有少許可能性: 藍隊應該會贏得今年的冠軍）
Next year we **will** celebrate our golden wedding anniversary.
（近乎100%的準確率: 明年我們要慶祝金婚紀念日）

但儘管說話者是以相當主觀的意識來說這句話，而且該句話的準確率近乎為0%，我們唯一能肯定的就是，他可是非常認真地看待這句話的。所以雖然事實上世界不太可能會在2005年結束，但說話者卻是相當認同他自己說的話的。

到目前為止，各位應該都還沒有什麼問題吧! 接著好戲要上場了!

Accidents **will** happen.（強力法則）

雖然我們用了「法則」這個比較生硬的字眼，但事實上，它

也不過就是「當然」的意思。所以上面的例句我們可以解釋為「意外事故會發生是免不了的」。

為什麼會有這樣的說法呢？因為 will「預測」的對象，規定是要「可以被預測」的。就像「意外事故是可以被預測出來的」的意思一樣，所以 will 可以說是「表達從經驗或常識中推斷出來的結論」。這個道理就像我們常說的：「老二總是比較得寵，老大就請多擔待一點」。現在再讓各位多看幾個例句。

Well, you know, people **will** gossip.
（你知道的，人就是愛嚼舌根）
Time and tide **will** stop for no man.
（歲月不饒人）

各位都知道「時間是不會等人的」，所以用 will 的道理大家應該都明瞭了。另外我們也知道，通常諺語都是用來形容「理所當然、想當然爾」的情況，所以大都會選用 will 來表達它的「自然法則性」。例如我們經常在參考書中會看到這樣的一句話：

Boys **will** be boys.
（小孩就是小孩）
〔 =Boys **will** act like boys.〕

儘管媽媽剛幫小孩換上乾淨的衣服，只要他出去晃一圈回來，包準還是全身髒兮兮的。這時媽媽就會說上這麼一句話，表示「小孩就是這麼調皮，真拿他沒辦法」的意思，有些小孩也就仗著大人的這種觀念，更加為所欲為，無法無天。

接下來，我們想請各位看看下面的例子中，will 又是代表什麼意思？

My granny **will** sit staring out of the window for hours.

「我奶奶會坐在窗邊盯著窗外瞧上幾個鐘頭」。聰明的你應該已經體會出來了吧?!對了! 這個 will 不是前面的「法則性」，而是由人的「習慣範圍」所推斷出來的結論。因為說話者的奶奶經常坐在窗邊看著窗外，所以說話者才會這麼篤定地說。下面的句子也是相同的道理。

My neighbours **will** argue all night. Terrible!
（我的鄰居經常吵到三更半夜不睡覺，真讓人受不了）

各位以前在國中或高中時，應該都學過 would 表示「過去的習慣」。你是不是覺得很奇怪，既然 will 是表示「未來」的助動詞，而它的過去式 would 不是表示「現在」，卻是表示「過去的習慣」呢？

When I was a teenager, I **would** drive my parents mad playing loud music!
（當我還是十來歲的時候，愛玩熱門音樂，常把父母氣個半死）
Tom **would** always come top of the class in English.
（湯姆的英語在班上一直都是最棒的）

懂了嗎? 這裡的 would 不是指「過去的習慣」，而是藉由

上述 will 的「習慣範圍」來敘述一件事，而且這件事碰巧是「過去」的事情，所以就把它改成了 will 的過去時態 would 了。

---

② I **will** finish it by 5 o'clock.（意志）

---

will 除了表示「預測」之外，另外還有「意志」的意思。這也算得上是基本印象 POWER 的引申之一吧！先讓我們看看幾個例句。

I'll give you the money back next week.
（我下禮拜會把錢還你）
I'll give you a hand.
（我會幫你）
I'll pass my driving test first time!
（我一定要在第一次考試時就拿到駕照）

可以感受到說話者明顯的「意志」嗎？此外，根據說話立場的不同，說話者本身所表現出的「意志」程度也會有所差別。舉例來說，當父親反對女兒結婚時：

父: You can't marry him. He is just not right for you.
（妳不能嫁給他，他根本不適合妳）
女兒: I **WILL** marry him!
[要加強 will 的重音]

女兒以非常堅決的口吻說「我一定要跟他結婚」。另外，比如作者的女兒在作者趕著要

交稿的節骨眼上，吵著要去迪士尼樂園玩，被作者拒絕之後，女兒就說：

I **WILL** go to Disneyland.
[要加強 will 的重音]

「我要去！我一定要去迪士尼樂園玩」，真是傷腦筋耶！

之前所舉的例子都是肯定用法，我們當然也可以用否定句 will not, won't 的形態。

I **won't** marry him.
（絕不結婚）
The stupid car **won't** start.
（這部爛車就是發不動）

看，連「車子」的意志都可以藉由這樣的用法來表達它「不發動」的決心，很有趣吧！

will 的說明到這裡也該告一段落了。什麼？你在氣作者怎麼忘了講「未來 will」的用法？沒忘！沒忘！接下來的結語中就會講到這一部份，別擔心！

will 最常被用來敘述「未來」的用法，就是剛才提過的「預測」以及「意志」兩部份。因為尚未發生，所以才會以「或許、可能」的預測口吻，或是「我要做～」的意志表態。英語本身沒有特定的「未來時態」，所以便借用了 will， be going to 以及 -ing（進行式）等現在的時態來表現未來動作。至於它們之間的語感差異，請參照《英文自然學習法一》。

現在我們就趕快來看看 will「兔鴨法則」的總結。

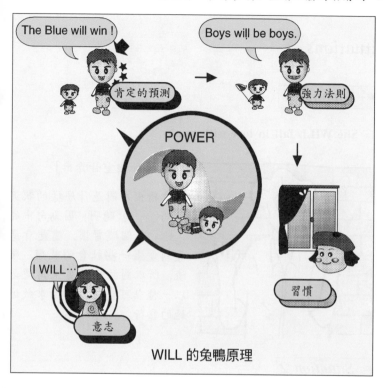

WILL 的兔鴨原理

Situations

⇒ *Situation 1*

She WILL fall in love with punks.

[will 要加強重音唸出]

各位猜出左圖是什麼樣的狀況了嗎……? 聰明! 因為句中的「她」有個壞習慣: 總是會愚蠢到愛上一些社會的敗類、殘渣, 所以圖片中的男主角便是以一種無可奈何的口吻來敘述她的蠢行。

⇒ *Situation 2*

這題難度稍微高一點。左圖是老師正對著學生說話的表情:

You will follow my instructions to the letter!

如果照字面的意思直接翻成「你們順著我的指示……」, 是不是看不太懂? 其實它的意思就是「你們要照著我的話做」。

各位應該可以感受到這是一句「上對下」的語氣，就是地位崇高者以威嚴的口吻命令居下位者照他的話做的感覺。除了直接的命令外，句子也含有一種威脅的言外之意：「如果你不照著我的話……」。所以由此可以推斷，這裡 will 所表達的意志可不是「聽者 you」的意志，而是說話者，也就是「老師」的意志哦！

▥➡ Situation 3

本句在敘述一段結婚典禮的過程。

The groom will go in first and then the bride will enter with her father.

請各位注意說話者的表情。她並不像前面的例句一樣，以一種強制的語氣說話，所以這裡的 will 也不是在表達她自己的意志，而是在敘述一件事情的經過，「首先由新郎先進場，接著再由新娘和父親一起進場」，如此而已。由此我們便可以知道，雖然助動詞 will 是表達「意志」，但它也並非如此地制式及絕對。根據不同的情境及不同的角色，它同樣會引申出不同的功能及作用。

⟫ *Situation 4*

這次還是老師對學生說話的場面。看看狀況有什麼不同?

Will you please keep the noise down!

這句話和 *Situation 2* 一樣,是在教室內以 will 來表達說話者的意志。但不同於前者的是,這句話不含強制命令的味道,而是改以「拜託」的口吻「請

各位安靜」的意思。同樣是表現「意志」,但這裡卻又多出了「尋求聽者意志」的感覺哦!

　　不同的場合表現出不同的「意志」,這不正是我們要傳達給各位的「兔鴨原理」觀念嗎?如果你能夠完全理解,相信運用起來一定更加得心應手的。所以那些還處於「死背」階段的人啊!老是記著「 will=未來」是起不了作用的,更別說去活用它們了。如果時間允許,請各位再回頭把前面 *Situation 1~4* 再瀏覽一次,充分地消化吸收成為自己的東西,下次遇到外國人時,大膽地說出來,包準讓他們嚇一大跳。

§3　POTENTIAL 的 CAN

　　練習了兩個單元，相信各位對「兔鴨原理」已經有充分的認知了吧?!幫自己打點氣，告訴自己「這些道理簡單得很，一點也難不倒我」，因為接著我們要看的是和 will 一樣重要，使用頻率一樣高的 can。

● CAN的基本印象

潛力

CAN 的基本印象

　　「can 不就是『會、可以』的意思嗎？」話是沒錯啦！但為了要能多了解外國人對 can 的感覺，所以我們將再延伸它的含意，以方便做更深入的探討。

　　can的基本印象，我們可以用 POTENTIAL（潛力）來作代表。現在，就讓我們一同來看看它所能引申出的含意包括哪些。

● 基本印象的延伸

　　首先，我們從最單純的觀念說起。通常講到 POTENTIAL（潛力），我們自然而然地便會聯想到「想做就能做到」，因為有本事，隨時隨地只要願意做，自然都能達成的意思。

> ① Mary **can** speak English.（只要想說就可說出）

Hi-ya

　　上面例句是「瑪麗會說英語」，換個角度想，也就是「只要她想說、她願意說，就能說得出口」的意思。這種「潛力」不是別人賦予她，而是她自己所具備的能力。

　　當然這種「潛力」不只人類有，我們還可以用來形容其他的事物。

This new detergent **can** remove any kind of stain.
（新的洗潔劑可以洗掉任何的汙垢）
The latest robots **can** walk and talk —— some can even think!
（最新型的機器人會說話也會走路，有的甚至還會思考）

再進一步想，can 既然等於潛力，那是不是就表示他「懂得如何做、用什麼方法去做」，所以他才有能力做到？因此我們又可以引申出一個新的觀念：「知道做的方法」。

也許有人會說：既然都是講「有能力」，那就乾脆把 can 背成「會」不就好了嗎？不行的！沒有這麼單純，等看了下面的句子之後，你就知道問題出在哪裡了。（＊符號表該句話應用不當）

*The fog was really thick but our plane **could** land.

這句話就翻譯的意思來看相當正常：「雖然霧很濃，但我們的飛機還是可以降落」，但是從英語的角度來看就相當不合理了。你知道為什麼嗎？聰明的你請想想看，can 是指「潛力、有能力去做」，但這裡怎麼可能是要表達飛機有沒有「能力」降落呢？應該是要形容「飛機有沒有成功降落」這件事，對不對？所以這裡用 can(could) 是不正確的。讓我們再看一個錯誤的示範。

*Luckily, everyone **could** get off before the flames engulfed the bus.

（幸好在大火還沒吞噬整部車前，所有的人都逃下車了）

你能了解不合理的地方在哪裡嗎？因為每個人本來就都有「能力」可以下車，這是不用強調的；句中要表達的觀念應該是「大家都躲開了被火吞噬的困境」，而不是「想下車就有能力下車」這樣的觀念。你贊成嗎？

那麼，我們究竟該用什麼字眼來形容「實際上可以做到」這

樣的觀念呢? 簡單! 簡單! 就是大家所熟知的 be able to。請把 be able to 套進前面兩個例句試試看……如何? 感覺正常多了吧?! (當然我們也可以換成其他的動詞片語, 比如 **succeeded in, managed to** …等) 但有一點要請各位注意的是, be able to 雖然可以代替 can 用在很多的場合, 但當遇到 can 的過去式 could 時, be able to 與 could 兩者所表示的意思又會不一樣了, 請你一定要小心。

She**'ll be able to** (*can) walk without crutches soon.

（她很快就可以不用靠拐杖走路了）[助動詞之後]

It was great **to be able to** (*can) write this book together.

（能一起寫書真好）[不定詞 to 之後]

最後, 請大家看看下面的兩個句子, 應該不會有問題吧!

a. My mechanic **could** fix any kind of car problem.

（不管是哪方面的故障都能修得好: 想做就做得到）

b. My mechanic **was able to** find out why my car wouldn't start.

（可以找得到引擎故障的地方: 實際上找到了）

同樣表示「可以」, 可是感覺卻不太一樣呢! 所以我們千萬不能只記住「can = 會」, 這樣是不夠的, 一定要用心去體會「潛力」的感覺哦!

In this restaurant, you **can** eat fantastic pasta. (當時的狀況)

can 的「想做就做得到」, 不只可以用在「能力」的表現, 也可以用在其他的表現, 比如上面的句子「在這家餐廳可以吃到好吃的義大利麵」中, can 保證的不是「吃東西的能力」, 而是

指「在這樣的場合」（在這家餐廳），可以保證「吃到想吃的東西」的意思。

好吃哦！

Students **could** get a discount, but we had to pay the full price.
（學生買可以打折，但我們卻沒有折扣）

這裡的 could 是表示「在這樣的情況下（學生）可以拿到折扣」的意思。接著是否定句的表現。

I'm afraid he **can't** talk to you at the moment: he's in a meeting.
（因為他現在在開會，所以沒法和你講話）

同樣是情境的表達，「在這樣的狀況下，無法⋯⋯」。

You **can** eat as much as you like.（允許）

想吃就吃吧！

意思相當簡單，各位應該都曉得吧！就是「你想吃多少就吃多少」的意思。這同樣是「想做就做得到」的含意，但這裡卻多了一股「說話者允許你做，你才能做」的味道。於是我們又找出 can「潛力」所引申出來的另一個新的表現：「對方同意你才做得到」。這種用法經常在疑問句中看到。

"**Can** I go camping with my boyfriend, Mum?" "No way?!"
（「媽，我可以和男朋友一起去露營嗎？」「不行」）

這裡的「許可」，說話者選擇了日常生活中較常用的 can，而捨棄了 may。（請參照第 51 頁，can 與 may 表示「許可」的差異）

綜合以上所說的，我們總共介紹了 can 三種不同的用法：「能力」、「當時的狀況」以及「許可」。不管在哪種情況下，只要你沒有忘記它的基本印象「潛力」，相信不管你走到哪裡都不會碰壁的。

接下來我們要介紹的用法稍微複雜一點，請看！

② Accidents **can** happen.（可能性）

先讓我們看看翻譯的意思：「意外事件有時可能會發生」。說話者由本身的經驗或常識得出了這樣的結論，所以這裡的 can 表示「可能性」。各位有沒有覺得這句話很眼熟，好像在哪裡看過的樣子？對了！在 POWER 的 WILL 單元內有出現過幾乎相同的例句，除了 will 被換成 can 以外，其他都一樣。現在我們就來討論一下，用 will 和 can 的差別到底在哪裡。

Accidents **will** happen.
（意外事故發生是免不了的）

如何？有沒有覺得用 will 時，敘述危險性的感覺加深了許多？因為 will 是表示一種「法則性」，日常生活中避免不了的；而 can 只表示「有時候可能會發生」的感覺，所以屬於「不確定的可能」用法。讓我們再多看幾個句子。

Barcelona **can** be surprisingly cold in March.

（巴塞隆那在 3 月時可能會有意想不到的冷）

My brother **can** be stubborn at time.

（我哥哥有時候固執得很）

　　3 月時「可能」會很冷、哥哥「可能」很頑固，這些都是由說話者過去的經驗或常識中所得出的結論，也許他住過巴塞隆那、也許他之前跟哥哥住在一起，所以會說出這樣的話。但 can 的「可能性」與 may 的可又不一樣了哦！

　　"Where's Nancy?" "She **may** (***can**) be in her bedroom."

　　（「南茜在哪裡」「可能在她房裡吧」）

　　may 的「可能性」相當不肯定，也許是這樣、也許又是那樣，而 can 則是根據已有的經驗及常識所做出的推斷，所以語氣比 may 要來得更為肯定了。（要了解 may 的「可能性」，請參照第 52 頁）

　　至於說為什麼 can 可以表現出「可能性」的意思呢？ 想當然爾，還是因為從它的基本印象「潛力」中所延伸出來的囉！ 等你看了下面的說明之後，應該就可以理解了。

專為乖寶寶
製作的爆竹
大金星

Fireworks **can** be dangerous.

（爆竹有時候蠻危險的）

　　說話者認為爆竹在某些時候有潛在的危險性，所以這裡的 can 一樣有「潛在能力」的表示，但同時也表達了它的「可能性」。接下來，請試著去感覺以下的例句，相信你應該也可以感受到「潛力」的表現。

He **can't** be serious. （可能性的否定）

你是不是覺得簡單得很？可能性加一個 not，當然就是表「沒有可能性」的意思，不是嗎？話是沒錯啦！可是我希望你能再多體會一下這當中微妙的差異。

因為 can 是表示說話者從經驗或常識中所推論出的「可能性」，所以後面加上 not，就是說話者從經驗及常識中推斷出「不可能」的意思，這與「可能性 = 0」可是不一樣的哦！請看以下的慢動作分解，相信你就可以了解這其中的差異。

他嘴裡老嚷著「我要辭職」，但實際上呢？家裡有一堆的小孩嗷嗷待哺，再加上他又養了幾隻狗，而且他根本也沒有專心在找新工作，所以怎麼看他也不像是會辭職的樣子……

He **can't** be serious!
（他不可能是說真的啦！）

可以感受得出「不可能」與「可能性 = 0」不同的地方了嗎？從各項證據中推斷，他「不可能」會辭職，但也並沒有保證說他「一定」不會辭職哦！所以這個「不可能」和「應該不是」的意思可說是有異曲同工之趣的。……「應該不是」？好像又在哪兒見過不是嗎？各位記憶力可真好啊！沒錯！我們在 must（一定）單元中有提到 mustn't（「一定」的否定 ☞ 應該不會），所以 can't 和 mustn't 是可以交互使用的。（最近 must not 已經不只是表示「禁止」的意思而已，尤其是有愈來愈多的美國人喜歡把它拿來當作「應該不會」使用。）

He says he's rich but he **can't (mustn't)** be —— just look at his clothes.

（他說他很有錢，不過我看不可能 —— 因為光看他的衣服就知道了）

Can that be true?（強烈質疑）

同樣是表示「懷疑」，但上句的質疑語氣遠比 Is that true? 的說法要更強烈。我們可以翻譯成「那有可能是真的嗎？」所以會有這樣的語感，當然也是因為說話者從經驗或常識中推論出：那件事情的真實「可能性」不大的緣故。

你問我什麼時候會用到疑問句？天才！當然是不懂的時候就用疑問句來問啊！can 既然是由說話者過濾了所有的經驗及常識之後所得出的推論，那麼當他還是用到疑問句時，就表示「儘管想完了所有的可能性，但仍然得不到答案」，所以還是不知道到底有沒有「可能」的意思。

下面兩個例句應該可以讓各位更清楚地了解 can 的「疑問」程度。

Can that be the postman? It's not his usual time.
[聽到門鈴聲]（會是郵差嗎？可是時間不對啊）
Who **can** it at this time of night?
[聽到敲門聲]（這麼晚了，會是誰啊）

如何? POTENTIAL 的 can 是不是相當有趣呢? 同意作者說: ENGLISH GRAMMAR **CAN** BE VERY INTERESTING!嗎? 好了, 現在就讓我們趕緊來看看 can 的兔子和鴨子的真面目吧!

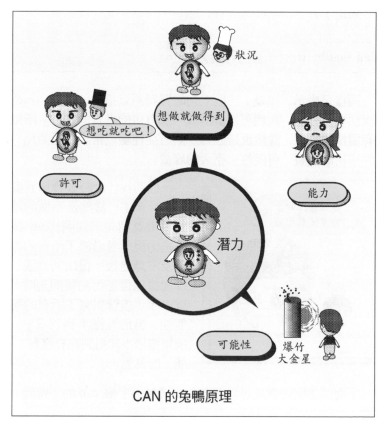

CAN 的兔鴨原理

Situations

⇒ **Situation 1**

首先我們從「能力」的 can 說起。學生唸書遇到障礙，老師不曉得正對他說些什麼呢？

You can do it!

老師勉勵學生：「你做得到！」簡單吧！

⇒ **Situation 2**

這次也是講「能力」，可是氣氛不太一樣。老闆不曉得對偷懶的部屬在說些什麼呢？

You can work much harder than this!

部屬上班偷懶，上司不滿意他的表現，所以便說「你應該可以做得比現在更好！」其實，言下之意就是「你給我認真做！」

的意思。同樣是表現「能力」，前句有「勉勵」的意味，而這句卻帶點「嫌棄、厭惡」的味道。好玩吧? 這就是多彩多姿的助動詞世界!

➡ Situation 3

主人在跟女傭人交代些什麼?

After that you can vacuum the front room.

從情況研判，這是句命令句，但是說話者用了 can，表示「你可以做到吧!」語氣顯然客氣了許多。

➡ Situation 4

這次還是「能力」的 can，只是氣氛蠻糟糕的哦……

You can say sorry, you know!

這句話與我們母語的語感幾乎一樣「你總該說聲抱歉吧!」，也就是說話者希望對方對自己道歉的意思。

其實，責任完全不在我，卻被對方回了這麼一句，就算是左鄰右舍公認「為人敦厚的大西（作者本人）」也著實動怒過，由此可知這句話的意思並不好，特別是語氣。

▸ Situation 5

終於不是「能力」了。這回換「許可」。

Can I help you?

為什麼要幫別人忙還要經過別人的「允許」呢？因為說話者想表現他的禮貌，所以先徵求對方的同意之後，再提供援助給對方。這種說法比起 "May I..."要來得正式、拘謹得多。

▸ Situation 6

朋友抱怨：「這個宴會可真無聊啊！」

Well, you can go home anytime you like!

表面上這句話是允許對方可以離開了，可是事實上，說話者的內心可不是真的希望對方如此做哦！這種說反話的方式，

和我們母語的用法可說是大同小異的。作者在上課時，如果碰到
不想聽課的學生，就會跟他說「如果你不想聽課可以出去」，但
是學生如果真的出去，那作者可就難堪啦……

§4 PERMISSION 的 MAY

　　到這裡為止，助動詞重要的部份幾乎已經談到了，現在就只剩下最後一個 may 了。想必各位對助動詞的豐富變化及蘊含的意義都已經有完整的了解，而且知道以前用背誦的方法真是相當愚蠢的。沒錯！切記一定要用「感覺」的才好。

● MAY 的基本印象

MAY 的基本印象

may 的基本印象，想必各位都知道就是 PERMISSION（許可）的意思。請各位參照基本印象圖就可清楚了解。除了「允許」的意思之外，答應對方時，他自己本身所傳達的「許可」意味也是相當重要的一個關鍵。

● **基本印象的延伸**

首先，請各位先單純地考量「允許（可以做～）」的意思。

①You **may** borrow books and videos from the college library.
（許可）

說話者允許「可以從學校的圖書館裡借到書和錄影帶」。請各位回想一下之前圖片中機器人的角色，是不是從它身上散發出一種不知名的權威感？可想而知，這句話同樣有「學校當局」或是「圖書館使用規則」在背後主導這項允許的產生。

May I make a phone call?
（我可以打電話嗎）
You **may** eat as much as you like.
（你想吃多少就吃多少）

這兩句話明顯地可以感受到，是說話者透過一種權威的口吻允許對方做事，會讓人覺得是種既正式 (formal) 又拘謹的說法。

除了 may 以外，各位也已經讀過，允許用法的 can 與 may 比起來， can 的允許要來得自然、輕鬆得多了。

Can I make a phone call?
（我可以打電話嗎）

You **can** eat as much as you like.
（你想吃多少就吃多少）

現在 can 的使用率要比 may 多得多了，因為我想沒有人會喜歡那種拘謹又嚴肅的講法的。

至於說為什麼 can 的「許可」比 may 的要來得輕鬆呢？請各位先回想一下 can 的基本印象:「想做就可以做」。這裡的「許可」只能算是「可以做」的補助性保證而已，並沒有佔很重的份量，所以比起權威性的 may，當然會讓對方覺得自在多了。

想必一直誤用 can 的「許可」的人不在少數吧?!以下的例句是實際發生在作者家裡的情況。

"**Can** I drive your new car, Dad?" "You **can**, but you may not!"
（「爸，我可以開你的新車嗎?」「我知道你會開，但我不許你開」）

作者的父親並沒有用 can 的「許可」，而是只回答了他有「能力」開車，這樣各位應該很清楚了吧!

最後我們來談談否定句 (may not) 的用法。雖然它也是表示「可以」的否定意思「禁止」，但比起帶 PRESSURE 的 must 來，它的語氣就顯得不是那麼堅決了。

You **may** not wear jeans.

（你不可以穿牛仔褲）

You **must** not wear jeans.

（你不可以穿牛仔褲）

---

② You **may** be wrong.（可能性）

現在到了助動詞最難的一關了，大家準備好了嗎？請先把基本印象牢牢地記住哦！

「可能性」的 may 通常都被翻譯成「或許、可能」，所以上面的例句我們就翻譯成「你可能錯了!」但是請想想基本印象的圖例，去路可沒有被擋住，你是被允許做如此的猜測的；因此 may 的可能性是「即使你用推測的也沒關係」。

正因為「用推測的也沒關係」，可想而知，may 的正確性也不見得有多高，頂多50％的準確率而已。所以會用 may 的人，多半是因為不想被人說成是「不足置信、說謊」，因此才用了這種模稜兩可，但也並非全錯的話語來做推論。

We **may** have another baby within the next couple of years.

（我們過兩年可能就會有另一個小孩了：大約50％的準確率）

此外，也正因為有50％的正確率，所以就算要否定這句話，也不會像 can't 那般地堅決說「不會、不可以」。事實上，may 和

may not 可以共用的場合還不在少數呢!

He **may** be guilty.

（可能做了：確實犯罪率50%）

He **may** not be guilty.

（可能沒做：確實犯罪率50%）

He **may** or **may not** be guilty.

（可能做了，也可能沒做）

　　經過以上的說明，相信各位應該都可以了解到 may 的「可能性」程度了吧! 總之，就是「即使你用推測的也沒關係」這樣的程度。

　　各位都確實了解了嗎? may 和 can 所表示的「可能性」可是大不相同的哦! 測試看看你是否能區別下面兩個例句的差異性?

a. My new boss **can** be very demanding.

（我的新老闆應該會很嚴格地要求）

b. My new boss **may** be very demanding.

（我的新老闆可能要求很嚴格）

語意有很大的差別吧?! a.句是從他老闆的行為舉止中觀察、判斷出來「有時應該會～」，也就是說，在說話的當時他已經知道這麼一回事; 而 b.句則純粹還不了解他老闆，就只是推測「可能會～」而已。我們再看另外的例子。

　　a. This disease **can** spread rapidly.

（這種病應該會快速地蔓延開來）

　b. This disease **may** spread rapidly.

（這種病有可能會快速地蔓延開來）

a.句可能是從已知的醫學角度中，來推斷這種病的常態特性；而 b.句則還不知道這是種什麼病，粹純只是猜測而已。

　　從面的說明中可以知道，在說 may 的當時，是無法確切得知將來會變成怎麼樣，老闆真的嚴厲嗎？疾病真的會很快地蔓延開來嗎？都不得而知。而 can 則是從各方的消息資料（知識或經驗）中判斷出來「有這樣的可能性」，所以和 may 的「不定性」是扯不上關係的。

　　接著，我們來試試下面的題目，看各位是否真的了解 may 和 can 的分別。

　　"Have you got the latest book reviews?" "I **can/may** have. Let me check."

　　（「你拿到最新的書評了嗎？」「可能吧！讓我看看」）

　　There **can/may** be a snowstorm at the weekend.

　　（這個週末可能會有暴風雪）

　　"Where are my keys?" "They **can/may** be on the kitchen table."

　　（「你看到我的鑰匙嗎？」「可能在餐桌上吧！」）

答案全部都是 may。因為所有的狀況都不明朗，所以只能用「或許」來推測。好，最後再出一道題，如果能完全分辨出兩者間的差別，那麼恭喜你，外國人的「感覺」在你心裡已經開始生根萌芽了。

　　a. You **can** be wrong.

　　b. You **may** be wrong.

a.句是「偶爾會錯」，因為只要是人都會有犯錯的時候； b.句則是不曉得錯了沒有，有可能是錯的，但也有可能沒錯。如何？簡單吧！

以下是 may 的總結，看看 PERMISSION 的 may 的「兔子和鴨子」。

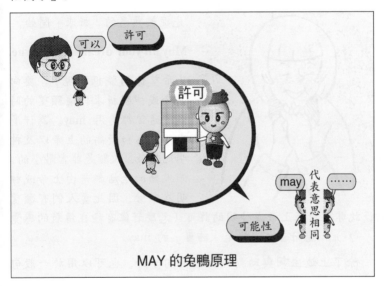

Situations

▶ **Situation 1**

先從較熟悉的「祈求」開始。

May all your dreams come true.

「希望你的夢想實現」。要向上帝或神明祈求什麼願望的時候, 通常都是用 may。為什麼呢? 因為和崇高的上帝以及神明比起來, 人類是非常渺小的, 而人類的生活都是由上帝或神明在掌管, 因此當人們有願望時, 就非得祈求上帝或神明的許可 (怎麼好像有種在傳教的感覺……?)。總而言之, 就是「許可」的 may。

除了上述主詞與助動詞倒裝的句子外, 也可以用於一般句型。

Let us hope that the hostages **may** soon be released.
(讓我們祈禱人質能儘早被釋放)

你在祈求些什麼呢?

⇒ Situation 2

下面這個問題可就難答了，請看!

Mr. McVay may be a good linguist, but his Japanese is terrible.

「麥克威先生或許是個不錯的語言學家，但他的日文可就不敢恭維了」。這句同樣是由基本印象所衍伸出來的句子，強調「雖然（前句）～（同意），但～」。這種句型結構和我們的「但是～」可說是大同小異呢!

She **may** be beautiful, **but** she has no conversation.
（她也許很漂亮，但是沉默寡言）
They **may** have a lot of money, **but** they have no manners.
（他們可能很有錢，但卻沒有禮貌）

懂了吧?!

　　各位是否覺得不過癮？好像應該可以講更多的感覺……。這可不是作者的問題哦! 那是因為各位已經很能體會外國人的那種「感覺」，而正想大顯身手呢!

　　很好，就是這樣，請繼續保持下去。

§5 其他助動詞

前面幾個章節我們已經講解過 will, must, can 和 may 等使用率高，而且意思較複雜的助動詞。再來我們要說明的就是使用率較低，而且較淺顯易懂的助動詞，比如算不上是典型助動詞的 had better，以及關於助動詞一般需要注意的重要事項等。

1. SHALL

shall 在現代英語來說，被使用的次數已算相當相當地低，而且和前面四個重要的助動詞比起來，它的份量真可說是「輕輕如也」。

shall 一直以來就是表示「義務」，所以多用於正式的法律條文上。

> You **shall** remain seated until the President makes his entry.
> （在總統沒進來前你都可以坐著）

但是現在 shall 的主要用法，可以直接看作和「will+強烈意志」的用法相同。

> [意志+強烈]
> I **shall** be with you as soon as possible.
> （我（絕對）會儘早到你那裡去）
> [預測+強烈意志]
> We **shall** all end up dead if you keep driving like this!
> （如果你再繼續這樣開車，大家到最後（一定）都會死得很慘）

我們將「絕對」、「一定」都以小字印出，是想顯示出 shall

所代表的強度，在這裡要向眼力不好的人說聲抱歉啦！

　　如果你懂得 shall 的強度，那你一定就懂得它和 will 之間的差別了。

You **will** regret this.
（你將來也許會後悔）
You **shall** regret this.
（你將來（一定）會後悔）

　　will 單只表示「預測」的意思，而 shall 則是斷定「一定會」（甚至可以說是確定的事）。不太容易懂吧?! 讓我們再看一個例子。

You **shall** have that new car after you graduate.
（你只要畢業後就（一定）可以擁有那部車）

　　也許說話者答應會買車給他、也許他有信心只要向母親要求就一定會拿到車、也或許他從水晶球的顯像中看到他開車的模樣……。總而言之，說話者確信這個願望會實現。

　　這樣各位懂了 shall 是「will＋強烈意志」了嗎？我們現在要出問題了，請選出下列的句子在自然的情況下要用 will 還是 shall？

"I **will/shall** take it."
（在買東西時「我要買這個」）
"I **will/shall** get it."
（電話響了「我來接」）
"I **will/shall** have the steak."
（在餐廳「我要點牛排」）

　　三句的答案應該都是 will（意志：決定了）。為什麼不選

shall 呢？因為在這三種情況下，都不需要「強烈的意志」來決定，是吧？如果用 shall，就會顯得相當不自然了。

了解困難的部份之後，接著就是要討論各位所熟悉的 Shall I...? Shall we...?的句型了。

Shall I help you with that?
（我來幫你忙好嗎？）
Shall we go to the cinema tonight?
（我們今晚去看電影好嗎？）

Shall I...?很單純，就是「我做……好吧？」的意思，也就是「我覺得這樣做不錯，你覺得好嗎？」。 Shall we...?照一般解釋是「做……吧！ = Let's...」，但是讓我們再深入探討一下它較深層的含意。請注意 Shall we...?是一句疑問句，所以回答者很自然地就會以 Yes/No 來回答，而 Let's...則是邀約對方「讓我們做……吧！」的意味，是一種比較主觀的敘述，所以 Shall we...?比起 Let's...更有尊重對方的感覺，也就是試探對方「我覺得這是個 good idea，你覺得呢？」的味道。如果要在 Let's...之後加上疑問句，就寫成：

Let's go to the cinema, **shall** we?

如果我們讓高中生來翻譯這句話，他們可能會說成「去看電影吧!？」是不是覺得不太理想？因為他們不懂得句後附加疑問的 shall we？ 該如何翻譯較為適當。但各位都已經知道正確的說法，應該是以較溫和的口氣詢問對方「去看電影，好嗎？」的感覺。

shall 的說明到這裡也差不多告一段落了。不知道是否有讀者覺得奇怪，「 shall 的基本印象是什麼？它們之間的關連性又是如何呢？為什麼都沒有提到？」別擔心！就如同一開始我們所

提到的, shall 的使用率相當低, 幾乎算是已「瀕臨絕種」的助動詞了, 所以就連外國人也不怎麼注意它的使用方法, 本書當然也就不必再贅述啦!

2. SHOULD

should 在時態上來說是 shall 的過去式, 但在這裡我們將視它為一個獨立的助動詞來說明。

Where **shall** we go ? ☞ They asked where they **should** go.

should 與 must 的基本印象相類似, 但語氣屬於較溫和的助動詞, 並不像 must 有強制的味道。 must 是「必須」的強制命令, 而 should 則是「應該 (義務)〜」、「〜比較好」的意思。

請看下面的例子。

Entries for the Honolulu Marathon **should** reach this office by October 15th.
（參加火奴魯魯馬拉松賽的選手名單, 應該在 10 月 15 日前就要送到）

這裡用了 should, 所以並不允許在期限過了之後還沒完成, 因為各位別忘了, 它原本的意思可是 must 哦! 但由於沒有人喜歡被命令, 為了避免讓人起反感, 所以才會選擇用「溫和的 should」來說。這是種說話的技巧, 各位可以多加利用。

All course work **should** be completed by January 12th.
（所有的作業程序應在 1 月 12 日前完成）

了解「溫和的 should」的用法了吧! 接著我們看下面的例句。

I guess I **should** phone my mother —— she'll be getting worried.

（我覺得我該打電話給母親了，因為她會擔心）

這裡的 should 就不可以換成 must，因為 I guess 和表示強烈語氣的 must 並不相容，如果硬是合在一起，會讓人有格格不入的感覺。

must 有另一個意思「一定」，should 同樣也可以替換，而且同樣是表示較溫和的「理應」的意思。

They **should** be here any minute ── It's almost 8 o'clock.
（他們應當馬上來了）

"I have a date with Shelly tonight." "Lucky guy–that **should** be wonderful."

（「我今晚要和雪莉約會」「你真是幸運的傢伙，那想必會很棒！」）

說話者並沒有用強調確信的 "must"，而只是作了「會有～」的敘述而已。讓我們再繼續看下面的例句。

That investment **should** give you a good return.
（你應可以期待這個投資會有好的獲利）

這裡不用 must，道理各位應該都知道了吧?!因為是講投資，所以沒有理由用 must 這種確信的字眼來說。

3. OUGHT TO

ought to 和 should 的意思幾乎大同小異，但 should 的使用率比起 ought to 要來得高。

There's a new book you **ought to** see.
（應該看）

I've bought three dozen bottles ── that **ought to** be enough.

（應該夠了）

　　各位在市面上可能看到一些文法書會「說明」 should 和 ought to 之間的差異；但事實上，外國人根本將這兩者看作是一樣的，他們並不會刻意在兩者間作區分，就算真的有，那也是非常非常小的感覺，根本不足以提出來討論，所以你也就甭掛心啦!

4. *HAD BETTER*

　　各位應該都知道「had better + 原形動詞 = 最好～」，其實這樣差不多就夠了，但是我們仍然希望各位能再多深入了解一點它的微妙含意。雖然我們把它翻譯成「最好～」，但那可並不表示「你不做也沒關係」或是「隨口提出的意見，不聽就罷」哦！它可是含有「逼迫」的意味的。請各位看下面的例句。

You'd **better** clean up this mess. If you don't, your Mum'll kill you.

（你最好把這裡清乾淨，不然你媽準會殺了你）

威脅小孩會怎樣?

有沒有感覺被逼迫的口吻？所以說它帶有「如果你不這樣做會很麻煩、很傷腦筋」的語氣。接著，再讓我們多看二、三個例子。

Tell him he'**d better** not try to cheat me, or else.

（告訴他最好別騙我，否則他就慘了）

Hadn't we **better** tell the police?

（我們是不是最好不要告訴警察？）

上述第二個例句可不是隨隨便便地說:「不告訴警察也沒關係啦!只是總覺得……」的意思, 其實它是可以換成 had best 的語氣的。請各位再試著多思考一下這其中的奧妙之處吧!

I think we'**d best** be leaving—— we don't want to cause any more trouble.

(我想我們最好走吧 —— 我可不想再惹麻煩了)

5. 強烈語氣的 *DO*

不用我們講你也知道, 當你要強烈地表現助動詞的意思時, 當然要用很強的語氣唸出, 譬如:

I **WILL** be careful!

(我會小心的!)

You **MUST** do it!

(你一定得做)

You **CAN'T** refuse!

(你不能拒絕)

很簡單吧! 接下來輪到我來問問題了。下面的句子請以加強語氣的強音唸出:

I asked her.

(我拜託她了)

是不是唸不出來? 對啊! 因為沒有助動詞嘛! 好, 就讓我們加個助動詞上去吧! "will"。嗯? 意思變了? 好像前面講過的助動詞都不能加進去? 沒錯! 這時, 就輪到主角上場了: do。

I **DID** ask her.

(我(的確)拜託她了)

因為是過去式，所以這裡用了 do 的過去時態 did。在大多數的場合，如果想反駁對方的命令或疑問時，只要加上 do，就可以加強說話的語氣，例如：

"Why didn't you ask her for a date?" "I DID ask her!"
（「為什麼你不約她呢？」「我有啊！」）

如果沒有 did，很顯然地就無法表現出「確實有做」這種感覺了。再多舉幾個例子讓各位練習，請注意主詞、時態和 do 之間的變化。

I love him. ☞ I **DO** love him!
He loves me. ☞ He **DOES** love me!
I loved him. ☞ I **DID** love him!

懂了嗎？……欸？「早就會了」，要是浪費了各位的時間，那可真是抱歉啊！

6. 過去助動詞 + *HAVE*

林林總總講了一長串的助動詞，到這裡已經完全結束了。接著，我們要探討的是「助動詞 + have」合起來的用法。

各位在高中時應該都學過 should (ought to) have (+過去分詞)這個句型吧?!

Look at those black clouds. I **should** have brought an umbrella.

（我應該帶把傘的）〔應該要帶，但是沒帶〕

You **shouldn't** have slapped him.

（你不應該打他的）〔可是已經打了〕

這種句型不是很困難，而且我們也常看到 could have, might have, would have 等助動詞的過去式用法。

I **would have** helped you move house, but my back was killing me.

（我應該幫你搬家的，可是我背痛）〔沒有幫忙〕

They **could have** said hello, at least.

（他們起碼該打聲招呼吧）〔沒有打招呼〕

She **might have** let us know about the delay.

（她好歹也該讓我們知道延期的事吧）〔沒有告知〕

從字面的翻譯你應該就可以知道，助動詞（過去）＋ have 就是表示與事實相反的意思，也就是「假定」的意思。

If I had been a bird, I **could have** flown to you.

（如果我是隻鳥，就可以飛到你身邊了）

所以只要是與事實相違背、或是可能性非常低的假定敘述，我們就以「助動詞 ＋ have」來表示。

關於「假設句」的詳細解說，請參照《英文自然學習法一》一書。

這類句型不只是對我們而言，只要母語不是英語的人，都會覺得很難學。想當初作者在教西班牙人英語時，他們也覺得蠻困難的。所以，請各位試著把它當作是一項挑戰，在日常生活中常常自省「早知道做～就好了」，或是順著人們愛批評別人的特性，偶爾就批評對方「你如果做～就好了」，相信要戰勝它將不

會是件困難的事。請在會話時多練習個幾十遍，讓它儘早成為你的一部份，那麼你的辛苦也就值回票價了。

　　助動詞已經全部講解完畢了。要「感覺」一大堆的用法，有沒有覺得很辛苦啊!?別怕! 就算你用錯了，外國人也不會責怪你的，畢竟它們之間的差異本來就很微小嘛! 安啦! 安啦! 只要你不再背翻譯的意思，而是改用感覺，日後要再加強學習就簡單多了。要有信心說出口或是多看些書哦! 相信假以時日，各位一定可以自由而且靈活地運用這些助動詞的。

第三章

委婉退讓法

　　本章節所要談的「委婉退讓法」，在英語來說算是相當普遍的用法。藉由這種單純的感覺來改變或影響一句話原本的面貌，既能達到目的，又不會讓聽者覺得不自在，真也可算得上是「兔鴨原理」的另一項延伸吧!

　　所謂「委婉退讓」的感覺，廣義地說，也就是「避開自己直接想說的話及主張」的一種表現，整體來說並不太難了解。在我們的母語裡其實也有類似的講法: 不用「星期天去約會吧!」這種直接了當的表白，而改以「星期天有空嗎?」這種退一步的說法，這與我們即將要講解的英語用法，道理是一樣的。好了，現在就讓我們實際盡情地暢遊於這個奧妙的世界吧!

§1 敬語

英語和我們的母語一樣，都有各式各樣的方法可以表現出自己對對方有禮貌、尊敬的心態。各位在唸書時，應該都學過「敬語表現」吧!? 但是，你覺得自己完完全全都學會了嗎？還是只是把「will you = 禮貌性的拜託」背下來而已？如果真是那樣也沒關係，現在就讓我們透過「委婉退讓」的介紹，讓你拾回原本屬於你的東西。

● 禮貌表現的本質

首先，讓各位了解表現禮貌的本質是什麼，也就是什麼樣的表現叫做有禮貌。請各位看下面的例句，其中禮貌性的程度一句比一句還要高。

a. Pass me the ashtray.
（把煙灰缸拿給我）
b. Will you pass me the ashtray?
(Can you...)
c. Would you pass me the ashtray?
(Could you...)
d. I wonder if you would be kind enough to pass me the ashtray.

你知道為什麼從 a. 句到 d. 句，一句比一句更有禮貌嗎？「因為 will you 確實是禮貌性的拜託，would you 則更有禮貌，至於 I wonder 嘛……？好像只是把它背起來，也搞不懂到底是什麼意思……」欸？你說是因為「句子愈長愈有禮貌」？

嗯……，請你先看下面兩個句子，之後我們再來討論你說

得對不對。這是兩位女性分別想邀請別人去看電影的句子，其中一位是同班同學，另一位則是英國皇室的黛安娜王妃。

a. Hi, Jo. Let's go to a movie tonight.
（去看電影吧）

b. Could you possibly be so kind as to do me the great honour of graciously accompanying me to the theater this evening?
（去看電影吧）

如何？同是邀請，差別卻很大吧！b.句的說話者為了怕失禮，用了一層又一層的敬語當作保護網來強調她的禮貌，讓我們實際來分析一下這個句子。僅是想簡單地述說「去看吧！」她卻拐彎抹角地用了 could（可否）、possibly（可能）、so kind as to...（想請）這三個迂迴委婉的字眼來表達她的用意。這樣地分析不知各位明白了嗎？所以，有禮貌的標準應該是以「說話者退讓了幾步、用了多少的婉轉字眼」來決定它的程度。也就是說，依據說話者說出的話離自己的想法、要求有多遠，來判定這句話的禮貌性。讓我們再回頭看第一個例句：

a. Pass me the ashtray.

「把煙灰缸拿給我」。這是一句直接將自己的要求毫不掩飾地命令對方去做的句型，沒有修飾，也沒有退讓。

b. Will you pass me the ashtray？(Can you...)

照字面意思翻譯為「你可以把煙灰缸拿來嗎？」這裡的 will

是表示「意志」，如果換成 Can...? 就變成「有能力做嗎」的意思了。和 a. 句比起來，這句話離自己原本的期望要來得稍微遠一點。它選擇了以詢問對方的意志或能力來表現，而放棄了直接要求對方做到自己的期望，所以這裡的 Will you...? 不可以單純地視為「幫我～好嗎」的禮貌性拜託用法。

c. Would you pass me the ashtray? (Could you...)

這句話要比前兩句來得有禮貌多了。因為它用了 would 這個字眼，用以試探對方「過去的意願」而非「現在當下的意願」，如此一來，是不是離 a. 句直接了當的要求又來得更遠了呢? 記住，「離得愈遠，就愈有禮貌哦!」現在讓我們看最有禮貌的 d. 句。

d. I wonder if you would be kind enough to pass me the ashtray.

請注意 I wonder... （我想是否～）這句話。整句話照字面意思翻譯為「我想不知您是否願意幫我忙把煙灰缸拿來」。與其說它是句期望用語，倒不如說是說話者本人在自言自語呢! 畢竟它已遠離與對方交談的方式，而且與當初的期望相隔十里遠了。

● **委婉退讓的技術**

經過以上「委婉退讓」的解說之後，相信各位應該可以像外國人一樣，自然而然地感受到「will you = 禮貌」的敬語世界了吧?!但為了顧慮到有些讀者可能仍然會用死背的方式去記「will you = 禮貌、 would you = 更有禮貌、 I wonder if... = 非常有禮貌」，所以我們再舉了下面一個例子，看看各位是否真的能徹底「感受」什麼是殷勤的敬語。

How long did you want to stay, madam?

（在飯店內：請問您要停留幾天？）

如果你只是虛有其表地用死背的方式，相信你一定無法感受到說話者禮貌性的表態；相對地，如果你能試著感受它「讓步性」的口吻，你應該就可以體會出說話者的用意了。接著，我們就來傳授「委婉退讓」的方法。

①借用「助動詞」的婉轉說法

我們拿先前提過的例子來作說明。

Will (Can) you pass me the ashtray？

這樣的說法要比 Pass me the ashtray. 這種粗魯的命令句要來得有禮貌多了，藉由 will, can 等助動詞所含「詢問對方意見、能力」的用法，委婉地表達出自己的希望，就是我們所謂的委婉退讓法。

另一個可以用它們來表現禮貌說法的理由，因為它是「疑問句」的句型。當說話者說 Pass me the ashtray. 這種直述命令句時，會給對方一種無形的壓力，而如果改以疑問句的說法，多少給對方保留了點說「不」的餘地，並且將判斷的主動權讓予對方。如此一來，是不是讓對方覺得倍受尊敬多了？這兩者間的差異其實就與 Let's... 和 Shall we...? 之間的差別是完全相同的。

Let's go to the cinema tonight.
Shall we go to the cinema tonight?

Let's... 略帶點壓力的語氣來邀請對方, 而 Shall we...? 則是較婉轉地詢問對方的意見: 「我覺得這樣, 不知您覺得如何?」所以說直述句與疑問句、 Let's... 與 Shall we...? 彼此間的差異可說是大同小異的。

雖然說 Will (Can) you...? 是一種婉轉的禮貌性說法, 但嚴格說來, 它們並不能真算是有禮貌的。充其量只能說是減輕對方不悅感的最基本用法罷了。為了要表現各位有禮貌的一面, 每次使用時, 最好請再加上 please。

Will (Can) you keep quiet, please?

有很多細心的讀者應該也都看過

Thank you very much **indeed**.

這種說法吧! very much 表示特別感謝的意思, 相信所有的人都知道; 但為了要讓對方再次加深對你的印象, 所以就用了indeed (真的) 這個字。用法相當多, 但說穿了, 其實都是相同的道理, 不會太難學的。

②借用「過去式」的婉轉說法

Chris **played** tennis yesterday.

這個單元相當有趣, 請你耐心看下去。平常各位聽到「過去式」時, 直覺上就是反應出過去已經發生過的事情; 但事實上, 過去式卻還有另一個重要的功用, 那就是「委婉退讓」的意思, 相信你一定沒聽過吧!?請各位先看看下面的例句。

How much **did** you want to spend, sir?

（您想花多少錢）

How many tickets **did** you want?

（您想要幾張票）

　　從翻譯的句子可以看得出來，它們並不是敘述過去的事情，而是敬語的表現。但是為什麼過去式可以作為敬語的表現呢？我們以下面的兩個句子來做個說明。

I **hope** you can come with me.

I **hoped** you could come with me.

現在式　過去式

　　I hope... 是現在式，傳達說話者現在的意願，同時也讓對方感受到一股無形的壓力。 I hoped... 則是以過去形態，表示「（以前我曾想過）但現在不見得一定是這麼想了」的意思，所以當對方想拒絕說話者的時候，並不會對當時的情況感到愧疚；相形之下，過去式傳達給對方的壓力自然就小了許多。

　　所以，當各位看到過去式的句子但並不是真的要敘述過去事情的時候，那麼它是想以「委婉退讓」的語氣來傳達「非現在」意願的一種有禮貌的說法。

　　綜合上述①、②項，如果句子是以過去式的助動詞來表現：

Would (Could) you keep quiet?

這樣的說法又遠比之前提到的 Will (Can) you... 要來得更有禮貌

了!

想當初作者還在新婚期時，太太總是用很有禮貌的話與作者交談，例如「請問我可以拿這個嗎？」這樣的對話，現在回想起來，還覺得真是甜蜜的回憶呢！但是再仔細想想，總覺得當時好像有道鴻溝阻隔在兩人中間，怎麼樣也無法親近對方。各位知道為什麼嗎？對的！因為「敬語」就像是一把兩頭都附了堅韌刀鋒的刀子一般，當你委婉地退讓一步的同時，你與對方間的距離無形中也被拉開了。所以你應該會注意到，當你跟自己的親人或好朋友說話時，是很少會用到 Would you (Could you)... 等的尊敬用語的。換句話說，不用敬語的表現，也就是與對方親密關係的證明。如何？是否同意語言的確博大精深、奧妙無窮呢?!

也許有人會問：「禮貌性用法是不是就只能用助動詞或是過去式呢？」答案當然是否定的。除了這兩者以外，大多數的日常生活片語也都有「禮貌性」的說法，舉幾個例子讓各位瞧瞧。

I **don't suppose** you would have change for a \$5 note.
（如果你能換一張五元的紙鈔給我就好了）
I **don't suppose** you could give me a lift to the station.
（如果你能載我去車站就好了）

你有沒有注意到，這兩個句子都用了否定的字眼 not？因為說話者在說這句話之前，就有被對方拒絕的心裡準備，所以他以 don't suppose 來表示他退讓的立場；如果對方真的拒絕，說話者也就不會覺得非常不舒服了。這樣的說法，不僅說話者不會覺得難過，就連聽者也不會有被強迫的感覺，可說是一種很恰當的用法。接下來的例句與這句相同，都有這種隱喻的味道。

a. **I don't want to bother (trouble) you but** I've lost my keys.
（我實在不想麻煩您，但我的鑰匙掉了）

I don't want to bother (trouble) you but could you open the office for me?

（我實在不想麻煩您，但能否請您幫我開辦公室的門）

b. I'd like you to help me with my homework, **if it's not too much trouble**.

（如果不麻煩的話，能否請您教我寫作業好嗎）

Could you help me with my homework, **if it's not too much trouble**?

（如果不麻煩的話，能否請您教我寫作業好嗎）

這幾句話都是站在避免給聽者有壓力的立場所說出的話，a.句雖然是對對方的一種要求，但卻可以感受到說話者解除聽者壓力的用心；b.句則可以感受到說話者退讓的想法：如果不想做的話也沒有關係。意圖都相當明顯，但道理也都很簡單吧?!

禮貌性的片語用法舉之不盡，我們在這裡沒有必要一一提出來說明，因為各位只要能夠明白上述最難的部份，其他簡單的片語就再也不會難倒各位了。

最後，我們以外國人的一段對話來作為總結，看看各位是否能確實感受到外國人的「感覺」。

年輕人 A 叫住了中年紳士 B，他似乎要找什麼東西的樣子
......

A: **Hey, you! Come here!**

B: Excuse me? Would you by any chance be talking to me?①

A: **Yes, you! Now get a move on.**

B: I would appreciate it if you didn't talk to me like that. ②

A: **Like what?**

B: You know, with those crude expressions.

A: **Well, how should I talk to you, then, Mr. Special?**

B: Well, you could say: "Could you please come over here?"③ Or, "Would you mind coming here for a moment?"④ Something like that.

A: **Oh, my God! It all means the same, doesn't it?**

B: Yes, of course it means the same, but it's entirely different!

A: **OK, OK. Well, would you possibly be so kind as to do me the favour of bringing your body over here, please?⑤ If it's not too much to ask!⑥**

B: No, no, no!! That's way over-the-top. Just speak with normal politeness, will you?⑦

A: **Oh, I give up. I'll just ask someone else. Bye!**

[翻譯]

A: 喂! 你! 過來!

B: 不好意思, 請問您是在對我講話嗎?

A: 對! 就是你! 給我過來!

B: 如果您可以不要以這種方式跟我講話, 我會非常感激您的!

A: 什麼方式?

B: 我想您知道的, 就是您剛才說的那種比較不太有禮貌的說法。

A: 好，那你告訴我該怎麼說？有禮貌先生？

B: 嗯！我想您或許可以說「能否請您過來一下？」或是「能否借一步說話？」這樣聽起來就好多了。

A: 哦！我的天啊！那不都是同樣的意思嗎？

B: 意思是一樣啦！可是那種感覺可是完全不同的哦！

A: 好！好！我說。請問您是否願意幫個忙，把您的身體移來這兒一下好嗎？

B: 不不不！那樣就太不自然了。能否請您用比較正常的話來說，可以嗎？

A: 算了！饒了我吧！我找別人去了。再見！

[要領分析]

①講 Excuse me? 是一種恭敬的表現。其實 Are you talking to me?的回答也就夠了，但它還有點要表示意外及些許不滿的情緒：「我不認為對方會用如此的口氣跟我講話」、「用這種方式和我講話似乎 ……」的味道；但又為了不失禮貌，所以在前面加了 Excuse me?各位應該覺得這樣的解說蠻熟悉的，因為在我們的母語裡也有這類用語的表現。

②其實在這裡根本沒有必要用到 I would appreciate it if... 這類過度禮貌的講法，而他之所以會這麼用，是因為他想要凸顯出年輕人失禮的用詞。

③當要對一位陌生人提出要求時，可以很自然地說出 Could you please come over here? 請注意這裡加了一個 please。如果單說 Could you come...? 比起前句當然稍微遜色一點，但還是會被對方接受的。至於 Can you please...? 的說法也與 Could you come...? 的程度差不多。要表現恭敬的講法，最少最少你也得說 Can you...? 其實英語和我們的母語一樣，如果不是很禮貌的講法，雖然不至於讓對方發怒，但奉勸各位最好還是以 Could

(Would) you please...? 這種程度的講法來說會比較恰當，因為畢竟「禮多人不怪」嘛！

④Would you mind...? 比起 Would you...? 來說，恭敬的程度要高上一層。因為加了 mind，可以表現出自己在意對方感受的意味。

⑤這句話根本就是年輕人故意要嘲諷對方所說的話，平常幾乎是不可能會用到的。單從 move 變成 bring your body 一詞來看，就可以了解他戲弄別人的心態。

⑥日常生活中經常會用到 If it's not too much to ask 這句非常有禮貌而且帶點生疏意味的用法。例如：

a: Can you help me with this?
b: ...（不太想）
a: If it's not too much to ask!
（如果你不會不願意的話）

⑦will you 經常用在句尾，比起放在句首的「拜託」語氣要來得強。

§2 不表過去意思的過去助動詞

經過上一章節的解說，相信各位應該都可以感受到「委婉退讓」的重要性了吧！其實那些感覺不單只是用在表現禮貌上，它們可是還有其他意思的。接下來就讓我們討論一下助動詞的過去時態： would, could 和 might。

助動詞的過去式說起來還算挺麻煩的。因為它們一方面代表了 will, can 和 may 的過去用法；另一方面，它們也可以用在敘述現在的狀況。以 can 的例子來說：

a. Even Chris **can** understand it.
（連克利斯都懂得這個）［能力］
b. Skiing **can** be dangerous.
（滑雪可能會有危險）［可能性］
c. **Can** I go too?
（我也可以去嗎）［允許］

這三個句子換成以 could（非過去的事）來表示時，意思也是一樣的。

a. Even Chris **could** understand it.
b. Skiing **could** be dangerous.
c. **Could** I go too?

雖然我們說「意思相同」，但事實上，這兩者間卻還是有些許的差異。 a.句上例的語氣較為堅決，而下例則不是那麼肯定地認為「克利斯應該也懂吧?!」 b.句則從「有這樣的可能性」變成「也並非沒有這樣的可能性」； c.句則是從單純地詢問「可以嗎？」變成語氣較禮貌的「這樣好嗎？」不論是 a.、 b.、 c. 哪

一句，語氣都從原本的肯定、堅決而變得和緩下來了。

　　經過上述的解說，不知道各位是否都已經明瞭這中間的差異了呢? 其實它就是我們前章節中所提到的「委婉退讓」的概念: 借用過去時態的助動詞來表達現在強烈主張的一種「退讓」手法。

　　不只是 can (could)，will (would) 以及 may (might) 都是一樣的用法。我們現在以 will (would) 的例子來說:

a. I know bungee-jumping is a real buzz; I **won't (wouldn't)do it though.**

（我知道高空彈跳很棒，但我還是不會去嘗試的）[意志]

b. The man next to Kelly in the photo **will (would)** be her husband.

（照片中站在凱莉身邊的男人可能就是她未來的老公）[預測]

　　如何? 可以感覺出 would 壓抑、緩和的語氣嗎? 以 a.句的 will 來說，說話者非常清楚地表示他決不會做，而 would 則相對地沒有這麼強硬的表態; b.句則從很確定的程度降到「可能是吧!」的口吻。這就是我們一直重複解說的「委婉退讓」。最後我們再出個題目，請各位好好地思考其中的差異點。

a. I **may (might)** go to the Caribbean this year.

（我今年可能會去加勒比）[可能性]

b. **May (Might)** I suggest a quieter place.

（我們找個比較安靜的地方吧）〔許可〕

　　如果你已經懂得退讓手法，應該就可以知道 might 的可能性比 may 要來得低了吧！如果 may 有50%的可能性，那麼 might 就應該只有30%而已；同樣地， b.句 might 的請求語氣也比 may 有禮貌得多。

§3 假設句的感覺

經過前面對「委婉退讓」句型的解釋之後，各位是否對以前萬萬也想不到的用法有了更深一層的認識了呢？接下來我們要講解的部份可能會讓各位再訝異一次，那就是: 典型的假設句。

If I **knew** where your keys were, I **would** tell you!
（如果我知道你的鑰匙在哪裡，我就會告訴你了）

所謂假設句就是對「與事實相反（非事實或可能性極低）的事物」所作的陳述。所以上面這句話的實際含意就是: 說話者並不知道鑰匙在哪裡。

接下來我們就要談到重點關鍵了。各位知道假設句是如何組成的嗎？首先我們先看上句話中的 knew 和 would。明明應該是表示現在的事，但卻以過去式的形態來表示。由此可知，假設句的構造就是:

> 以較早一期的時態*來表現當時的狀況

〔 *早一期的時態
  現在式的早一期為過去式，過去式的早一期則為過去完成式。〕

「過去完成假設」也是相同的道理，敘述「過去實際上未發生的事」，就是將過去的事以過去完成的時態來表現。

If it **hadn't rained**, we **could have** had a lovely picnic.
（如果當時沒有下雨，我們應該會有個愉快的野餐）

因為已經下過雨了，所以過去的 could 就以 could have 的過去完成時態來表示。

有關假設句的詳細解說，請參照《英文自然學習法一》一書。

接著我們要進入本章節的正題了。如果各位知道利用「前一時態」來組成假設句，那麼在使用上就不會有什麼大問題了。但是各位是否再深入地想過，為什麼會有這樣的規定？明明是敘述現在的事情，為什麼要用過去式的助動詞呢？聰明的人應該已經猜到了吧？！對了，因為時態與句子本身的意思有很大的相關性。

各位當然都知道，現在式就是用來敘述「現在的事實」。但是在假設句中，卻不能用現在時態來表示對現在的假設。因為假設句原意就是表達「與（現在）事實相反」的假設；但為了不讓聽者覺得太突兀，因此想出了比較「婉轉」的說法，也就是藉由過去式的時態，來表達「對現在事實的主張」一種迂迴手法。（同理可證過去式與過去完成式）

但是為什麼過去時態可以讓對方感覺較有禮貌呢？因為過去式除了用以對過去事物積極的表達之外，也含有「現在未必如此」的意思。而這不正是「假設句」所要表達的意思嗎？！

不知不覺中多講了些理論，真是抱歉啦！其實各位並不是真的需要知道這麼多的，所以如果前面的解說你看得一頭霧水，請你暫時把它拋到一邊吧！但是不管它有多麼複雜，你可千萬別想用背的哦！你只需要單純地去感受「委婉退讓」的感覺，就足以讓你跟外國人一樣地親近英語了！這可是非常、非常重要的觀念哦！切記！切記！

§4 附記

看了一連串硬梆梆的解說之後，是不是覺得有點疲倦了呢？讓我們先稍微喘口氣、休息一下吧！

「委婉退讓」的句型在文法中不見得是頂難的，其實只要你多用點心，會發現英文還是有很多很有趣的變化的！我們就拿「廁所」這個單字來說吧！

一講到廁所，就讓人聯想到臭味，所以在會話中通常都盡量不會去講這個字，甚至希望這輩子都可以不用進去、不會看到它。基於這種心態，外國人就編出了其他代替廁所的字眼，讓人不會一聽便聯想到臭味。以下的單字是以「一步一步退讓」的心態所衍伸出來的。

TOILET ☞ LAVATORY ☞ BATHROOM ☞ RESTROOM

退到了最後的 restroom，甚至會讓人不清楚那究竟是不是指廁所，還是會走到哪一個不知名的房間去呢！

Lavatory 或是簡寫 lav. 是源自於拉丁語，它是「洗」(wash)的意思。現在從拉丁語演變過來的單字中，有很多都被用在不好的意思上。

再舉個例子：神明。除了向神明表達祈求時，其餘的時間直呼神明的名諱可是大不敬的。但奇怪的是，英語卻沒事就把上帝的名字掛在嘴邊，Oh, my God! Jesus Christ!等，叫得相當習慣。我們照例退後一步，看看這個字會有什麼變化。

Oh, my God! ☞ Oh, my goodness!
（我的天啊）

For God's sake!　☞　For goodness' sake!
（看在老天爺的份上）
Jesus Christ　☞　Geez!　☞　Gee (whiz)!
（我的天啊）
God!　☞　Gosh!
（天啊）

　　沒有直呼神明的名諱，意思也沒有改變，這樣的婉轉說法是不是巧妙多了呢？

　　其他比較粗魯的單字，一樣可以說得婉轉一點。

Fuck!　☞　Fudge!
Hell!　☞　Heck!
Fucking hell!!　☞　Flipping heck!!
Shit!　☞　Shoot!　☞　Sugar!

Shit! 變成 Sugar!這似乎有點不太對勁吧……!

　　讀到這裡，各位對「委婉退讓」的說法是不是完全了解了呢？它是種非常單純的變相概念，但是又不會扭曲了原意，所以與我們最早提到的「兔鴨原理」是不謀而合的。接下來的章節，又是輪到「兔子和鴨子」上場了。

第 IV 章

舉足輕重的四小巨人

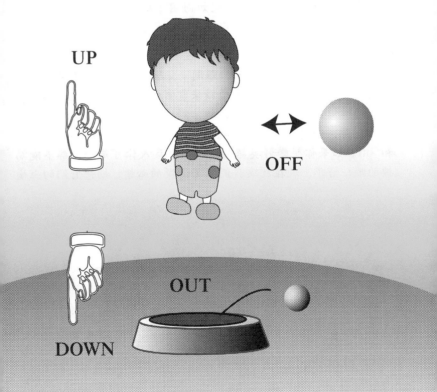

UP

OFF

OUT

DOWN

　　經過了前面三章的說明，相信各位應該了解「兔鴨原理」為什麼那麼重要的原因了吧！你應該也體會到語詞的意思以及它所蘊藏的含意，可不是單純地靠「人工用法」就可以加以分類的哦！翻開市面上解說比較詳細的文法書來看，你會發現它們都是用各式各樣的「用法」來教導各位，現在既然你懂得了用感覺的方法來體會英語，那麼這類書的破綻在你面前將會馬上露出馬腳、無所遁形的。

　　那些書上的「用法」，說穿了其實也就是我們所謂的「兔子和鴨子」。如果各位能將基本的「外國人的感覺」這套工夫學會，接著如何將它發揚光大，就得全看各人的本事了。

　　最後這一章節的內容，就如同前面的第Ⅱ及第Ⅲ章一樣，用死背是絕對學不來的，所以還是請你覺悟，好好地用心去體會吧！

　　英語的「上、下、外面、離開」，除了用來表示單純的方向及場所外，還衍伸出各式各樣精采豐富的意思。各位也許無法一點就通，但是只要用心體會，相信對這些「小巨人」所散發出的豐沛能源，一定可以全數吸收消化的。它們就是: up, down, out 和 off。如果你想學好英語，這四個小巨人你可是一個都不能漏掉的哦！好了，現在就讓我們懷著愉悅的心情，期待它們的上場吧！

§1 ☝ (UP)

第一個出場的主角是「上」。我們要將原本看來平淡無奇、印象刻板的「上」，透過典型的代表: up，來變化出各式各樣有趣且新奇的表現。現在就讓我們開始吧!

● UP 的基本印象

UP 的基本印象

首先，我們從最基本的觀念開始說起。不管是指「從下方移動到上方」，還是單指「在上面」的地理位置，up 的基本意思簡單來說就是「上」。

We can put the satellite dish **up** on the roof.
（屋頂上）［移動］
We have a house **up** in the mountains.
（山上）［位置］

接著，我們要說明的內容有些抽象，也就是從物理觀念所衍伸出的「上」。

a. My wife always **picks** me **up** at the station.
　（讓我搭車）
b. How can I ever **make up** for all the trouble I've cause you.
　（我該怎麼做才能彌補我對你所造成的困擾）
c. She has **hooked up** with a 'toyboy'.
　（她交上了一個很年輕的男孩）

a.句的 **pick up** 是指「可以搭上車」，有種被人拎上車的味道。此外，**pick up** 也有「挑選」的意思。再讓我們看看 b.句。是不是已經有人看到上面的翻譯，就機械性地反應將 **make up** 背成「彌補」？原意是沒錯，但光是這樣就無法與 up 的「上」產生直接的關連了，所以你應該要試著了解這句片語的真正含意是：「將錯誤的洞穴由下而上一點一點地填補起來」，而且「因為自己的錯誤，而造成與對方關係交惡，現正

試著恢復原本友好的感情」，所以就有「和好」的意思產生了。

　　認清這樣的觀念，是不是比死背要來得容易記住而且更好運用呢?

Up yours !

　　接著我們看 c.句。這句話的意思很容易了解: 年紀大的老女人「吊上」了一個年輕小夥子。感覺得到吧?!

　　另外，我們要舉一個語氣稍微粗魯的例子，就是

Up yours!

　　看完了表示移動的「上」，現在輪到表示位置的「上」了。

The magician laid the cards face **up** on the table.
（面朝上）
Look. The box is marked clearly: "Carry this side **up**."
（註明「此面朝上」）

　　請注意, up 並非指「橫向」的「上」，而是「直立 (upright)」的意思。

My mother is always telling me to **sit up** straight.
（站直）
Stand up.
（起立）

感覺得出是「直立姿勢」的表現吧! 另外, up 還有特殊有趣的意思。

He stood me **up**.

（他讓我枯等了好久）

看到這個句子時，各位的腦海裡應該會浮起：「說話者癡癡地站在原地，等著一個遲遲未出現的人」的這幅畫面吧!

以上就是 up 的基本印象，一點也不難，對吧! 想要成功地活用它，就一定得把基本印象好好地學會哦!

● **基本印象的延伸**

我們先從簡單的部份開始說起。

① She dressed **up** for the party.（好）

說起「上」和「下」，在人們的直覺中，通常都會認定上是「好」，下是「壞」，所以我們就有一句俗話說：「上天堂、下地獄」。

英語也是一樣，會認為「上＝好」，就像上面的例子，**dress up** 就是「為了裝扮美麗，將穿衣服的層次提升上來」的意思。

接著我們再舉個類似的例子。

For the party, I **tidied up** the whole house and **did up** the living room with colored lights and streamers. Then I spent almost 2 hours **making up** my face and **dolling myself up**. Of course, I looked sensational!

（為了這次的宴會，我徹底將家裡做了一番大掃除，用七彩的霓虹燈和蝴蝶結裝飾客廳，然後我花了將近二個小時化妝，好好地裝扮自己。當然囉！我看起來美極了。）

看，所有的 up 都代表好的意思。再比如 **brush up, polish up**（磨光）也一樣是「好=up」的意思。此外，up 有時也會被當作「了不起」使用。

A Ferrari! Well, you are **going up** in the world.
（哇！法拉利！我看你要紅了！）

另外，當要表示對偉人的「尊敬」時，也會以 **look up to** 來表示。

上面講的都很簡單吧！接下來我們再把難度提高一點。

〔容器的印象〕

在這裡我們要說明 up 基本印象的延伸。請看左圖，想像一下容器內水的位置。up 再加一個箭頭朝上，有沒有感覺到「水面向上升」？up 有很多的引申意都是從這個基本印象中衍伸出來的。

②The number of road fatalities always goes **up** over the Christmas period.（增加）

容器內水面上升，換句話說，也就是水量增加的意思。所以從這個例子我們可以知道，up 含有「使事物增加」的意思。上面例句的意思是：「在聖誕節假期，因交通事故而身亡的案例會增加」。這裡的 up 表示數目的增加。

I was off for only 2 days and just look at work that's **piled up**.

（我只休了兩天假，可是你看看那堆堆得像山一樣高的文件。）

After he punched me, my eye **swelled up** like a balloon!

（他打了我以後，我的眼睛腫得像氣球一樣大）

請各位看看下面的例句中，是什麼東西增加（大）了？

Could you **speak up**, please? This is a bad line.

（請您說大聲一點好嗎? 因為電話線路很不好）

Listen up, everyone!

（各位，聽好）

對了，是「音量」和「專心度」增加（大）了。

除了上述的例子之外，還有像「數字」、「溫度」、「速度」、「年齡」、「價格」、甚至「引擎轉速」等，都可以用 up 來代表增加的意思。

a. The temperature **went up** to 28°C in February this year.

（今年 2月溫度上升到了28度）［溫度］

b. You'd better **speed up** if you want to finish on time.

（如果你想準時結束，你最好加快速度）［速度］

c. When I **grow up** I want to be a movie-star.

（等我長大以後，我想當電影明星）［年齡］

I was **brought up** by my grandparents.

（我是由祖父母把我帶大的）

d. They've **upped** the price of patrol again.

（他們又調高油價了）［價格］

e. I just love the noise when I **rev up** my motorbike.

（我很喜歡聽車子引擎轉速加快的聲音）［轉速］

此外，也可以形容「重要性」的提高。

As usual, newspaper reports **played up** the incident.

（如同往常一般，報紙又將意外事故渲染過大了）

He always dramatizes and **builds up** his stories.

（他總是把他的故事說得很戲劇化又很誇張）

　　兩句都有「誇張 (exaggerate)」的意思，也就是敘述出比實際狀況還要重要的感覺。附帶一提的是，很多字典裡都有 go **up** to Oxford (Cambridge)（進牛津（劍橋）大學唸書）的例句，實際上，現在幾乎已沒有人會這麼說了（我以前也從未聽過這樣的說法），因為這讓聽者覺得有點「炫耀」的味道，讓人聽起來心裡挺不是滋味的。如果各位可以感受到這種用法，那表示你已經愈來愈有外國人說英語的架式了哦!

Piccadilly Circus, coming **up**! （接近）

　　「（在汽車上）接下來就要到庇卡迪利廣塲圓環了」。請各

位想想,當你從遠處看一件東西,然後慢慢靠近、慢慢靠近時,東西是不是愈變愈大? 就如下圖所表示的。對的! 當你愈靠近一件東西,那個東西看起來也就會相對地變大。所以說,「增加(大)」和「接近」彼此間是有相關連的,這樣懂了嗎?

越靠近越大

The Police **caught up with** the bank-robbers.
(警察抓到了搶銀行的強盜)
It's hard to **keep up with** you as you walk so fast.
(你走路速度太快,我很難跟得上)
I **ran up to** Mike to get his autograph.
(我跑到麥克旁邊跟他要簽名)

接著,我們再多講幾個 close-up (接近)的抽象用法。

He failed to **live up to** his parents's expectations.
(他讓他父母親的期待落空了)
You can **get up to** his level if you study hard.
(如果你用功一點,你就可以趕上他的程度)

第一句的含意是「他『並沒有接近』他父母親的期望(遠落在之後)」。如果各位懂了這個抽象的「接近」意思之後,應該也就可以了解下面的意思。

It's **up to** you whether you take the job or not.
(要不要接這份工作的決定權在你自己)
It's **up to** him to apologize.
(該道歉的是他: 他的責任)

只要你試著將「決定的權力」或「責任」看作「接近」，那麼應該就可以理解這兩句話所以會用 up 的原因了。就像各位應該也都聽說過 up-to-date 這個用法，也同樣是因為「接近到了現在」的道理。

You have to get more **up-to-date**—— you're not even on Internet.

（你太落伍了—— 竟然連網際網路都不會用）

　　隨著「接近」的說明，我們還可以引申出其他幾種不同的意思，像是「出現」、「一起」、「準備」等。

They haven't **shown up** yet.（出現）

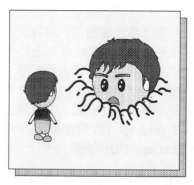

　　「他們還沒來」，也就是「還沒現身」的意思，所以從「接近」就可以很容易地聯想到「出現」。原本還進入視線之內，突然間接近到你身邊，讓你看到，也就是「出現」的意思了。「出現」除了可以用 **show up** 表示之外，也可以用 **turn up** 來表示。此外，up 不僅可以表示「實體」的出現，也可以用在「話題」、「想法」等抽象方面。

Sorry, but I'll be late home: a big problem's **cropped up**.

（抱歉，我會晚一點回家，因為我現在有了大麻煩）

That question **came up** for discussion at last night's meeting.

（昨晚的會議中討論到了那個問題）

I hope you can **think up** a better excuse than that.

（我希望你能想個比較好的藉口：想起）

Don't worry. I'll **come up with** a good excuse.

（別擔心，我會想到個好的理由的：想出）

What's **up**?

（怎麼了：發生）

最後讓我們來想想下面的例句。

He says he kissed Madonna! Ha! He's **making it up**.

make up 本身代表了很多的意思，在這裡表「讓（事情）出現」，也就是「捏造事實」的意思。

Pack up your belongings and get out! （一起）

就這些了！

wrap up

「拿起你的包包給我滾出去！」試想：當兩樣以上的東西相互接近時，代表什麼意思呢？對了，就是「一起」的意思。解釋為「一起」的片語還有 **bag up**（收拾背包）、**collect up**（整理）等。

The entire community helped **collect up** all the rubbish.

（全體住戶一起出面整理垃圾）

下面例句中的 **wrap up**，因為有「將散落一地的東西整理打包好」的意味，所以便引申為「收拾、解決（工作）」的意思。

Wrap it **up**!（＝Finish it!）

It's essential to **warm up** before sport.（準備）

我們現在再賦予「接近」多一點複雜的含意。它可以不單指接近「場所」，也可以指接近「活動、目標」，尤其是指非匆匆忙忙而是做了「事前準備、計劃」的活動。由此，我們可以再引申出 up 的另一個含意：「為了達到某個目標所作的準備」。上述的例句中，目標為「做運動」，而 **warm up** 則是指事前的準備：「暖身」。

同樣的道理，**open up** the store, **start up** a small business, **set up** an enquiry（調查）……雖然都翻譯成「開始」，但它們也不是指單純的開始動作而已，同樣也有「為了活動在事前所作的準備及計劃」的意思。請再看看下面的例句：

He is up to something.

You don't have to go if you don't **feel up to** it.
（如果你不想去就別去了）
My Japanese is not **up to** reading a newspaper yet.
（我的日語程度還沒有好到可以看懂報紙）

想通了嗎？對的，它們就是指「能力、心情」上的準備。最後，如果你可以想通下面的例句，那你這一關就算順利通過啦！

Be careful. He is **up to** something.
（小心防他有什麼陰謀）

這個 **up to** 就是指在準備策劃做什麼壞事情的意思。

---

③ Fill it **up**!（滿杯）

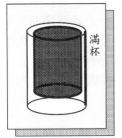

接著又再次輪到「容器印象」了。這次是要請各位一直把水倒進旁邊圖片中的容器內。如何？最後是不是滿出來了？所以各位，這次我們又可以把「上」這個方向與圖片中的印象再次連在一起了。知道把水裝滿杯內意味著什麼嗎？

你首先一定會想到是「滿杯」的意思吧！這也就是上面例句的意思「把它裝滿！」

另外，從「滿杯」再聯想到「限度」，應該也不算太誇張吧！

You know I'm really **fed up with** your whining.
（我真的再也無法忍受你的發牢騷了）
This theater can **take up to** 1,500 people.
（這間戲院最多可以容納 1,500 人）

Time is **up**.（終了）

「終了」這個意思源自於「水滿了，再也裝不下」的引申意，也就是「已經結束了」的意思。

此外，也可以從「終了」再衍伸出:

I'm afraid it's all **up** with him.
（他恐怕是結束了 ☞ 我看他是不行了）

改用 over 也是相同的道理。

It's all **over** with him.
（他不行了）

如何? 很有趣吧!

各位很熟悉的 give up（放棄）也是源自於「終了」這個意念: 不再繼續努力或加入新能源（ =停止）。其他以 up 表示「終了」的片語還有很多。

She **hung up** on me!
（她掛我的電話）
Pull up over there next to the blue car, will you?
（把車停在那臺藍車的旁邊好嗎? ）
We were **held up** in the traffic.
（我們被塞在車陣中動彈不得）

上面例句的翻譯，依序為「停止談話」、「停車」、「停止前進」，所有的活動及動作都顯示「終了」的意思。

You must **eat up** all your dinner.（完全地）

Drink up.

「滿杯的水」就是指水「完全裝滿」的意思。所以，我們又引申出一個新的意思：「完全、全部」。上面的例句我們翻譯成「全部都吃完」。作者常習慣在 pub 快要關門之前去喝個兩杯，慢慢地、靜靜地，但是酒保老是會告訴作者 **Drink up!**（喝光）。現在讓我們再多看幾個例子。

They **beat** him **up** badly.
（他們把他痛打了一頓）
The teacher **tore up** my homework.
（老師把我的作業撕了）
The tragic accident was **written up** in the local paper.
（當地報紙詳述了此慘案的內容）

以上所有的 up 片語，只要把它們看作是「完全地」，包準各位萬無一失，而且一定也很容易就可以了解下面的例句：

Who **messed up** my room? Well, **clean** it **up**!
（是誰把我的房間弄得亂七八糟？給我清乾淨）

不知各位是否聽到了遠方傳來 **mess up, clean up**「弄亂及清掃房間」的聲音啊？！

Shut up!（閉嘴）

Shut up!

閉嘴！
閉嘴！

意思是「完全」的 up，當被視為動詞使用時，自然而然地就會有「緊緊、好好」的意思，所以單講 Shut! 是不是沒有比說 Shut up!來得更有那種「緊緊地閉上嘴巴」的感覺呢?

The nurse **bandaged up** the soldier's wounds.
（護士用繃帶緊緊地將傷兵的傷包紮好）
Tighten it **up** with a spanner.
（用螺絲起子栓緊）
We have to **brick up** this window.
（我們得用磚塊把這扇窗關緊）

就像前面所說的，這種「緊緊」的用法同樣地可以用來當作「抽象」的表示。

I think they should **tighten up** the laws on drugs.
（我認為他們應該嚴格地管理藥物法）
It's bad to **bottle up** your emotions.
（壓抑你的感情是不好的）

bottle up 有沒有將「緊緊地蓋住瓶口，不讓東西流出來」的感覺傳達到你的心裡呢?

〔「容器的印象」到此結束〕

④ They cheered me **up**.（氣勢、活潑）

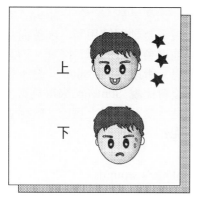

之前我們已經討論過「上=好」，確實的由來我們不得而知，但習慣上就是將「上」視為好、「下」視為壞。同樣地，依著「上」與「下」的位置關係，我們也可以將它視為「氣勢的狀態：活潑與沈悶」。首先要談的是精神方面的「氣勢」。你知道精神（情緒）高昂與「上」的關連嗎？對了！就是「有朝氣、有活力，或是心情好、興奮的意思」。所以上面的例句：**cheer up** 就是「高興起來」的意思。

Thanks. You've **bucked** me **up**.

（謝謝你讓我恢復了朝氣）

She'll **brighten up** when John arrives.

（如果約翰來的話，她心情就會好了）

Stop **buttering** him **up**.

（別再奉承他了）

是不是感受到心情變好的氣氛了呢？

接著我們再來看看讓心情高昂的例子。

You should **psych** yourself **up** for this interview.

（你應該打起精神來參加面試）

They're so **hyped up**. It's like they're on drugs or something.

（他們相當興奮，看起來好像嗑了藥什麼的）

I'm going to **chat up** that girl over there.

（我打算去向那女孩搭訕）

　　上面最後一個例句可不是說他要出聲音喊她的名字，而是他想要培養情緒和她聊天的意思哦！讓我們再看一個例句。

A business man **touched** me **up** on the train.
（一位在火車上的生意人讓我很感動）

　　經由這樣的解釋，各位應該不難體會出「心情好＝上」的感覺吧!?因為作者在講解時，也是懷著興致勃勃的心情，讓各位可以快快樂樂地學好英語哦！

A few days in the sun will **perk** her **up**.（健康）

　　接著，我們要討論身體方面的「氣勢、活潑」，也就是「健康」的意思。如同上面例句所述：她只要個幾天的陽光就會恢復健康了。下面的例句也一樣。

We'll need to **feed** this little one **up**.

例句中的 **feed up** 不單只有「餵東西吃」的意思，而且還要「吃很多有營養的東西」，也就是「健康」的意思。以下的例句也都是表示「調養好身體」、「賦予體力」的意思。

I'm exhausted: I need a quick **perk-me-up**.
（我累壞了！看來我需要什麼補充體力的才行）
I go to the gym every day to **tone up** my body.
（我每天上健身房鍛鍊身體）

It's time to **wake up**!（起床）

wake up 可不是指
「將眼皮打開」的
意思而已哦!

已經到了 up 最後的一個解釋了。通常我們講到「起床」，也就是指「腦袋開始運轉、有意識」的意思。作者家附近住了一位先生，不知道為什麼很奇怪，睡著之後的活動力特別旺盛，我們猜想大概是得了夢遊症了吧！所以，我們就可以將「起床」與「活潑、活動力旺盛」等聯想在一起。

My grandmother's always **up** at the crack of dawn.
（我祖母總是在天剛亮時就起床）
We **stayed up** till way past midnight.
（我們一直睡到過了午夜才起來）
Flowers are **springing up** all over the garden.
（庭園中的花盛開）

從最後一個例句中，我們應該可以感受到: up 並不單指花從地下「往上長」的意思，而是意味著花「從無到有長出來了」。由此可以推斷，「起床（有意識）」與「死而復活」是有絕對的關連性的。此外像西方的復活節，除了我們所熟知的復活節蛋以外，他們也會戴上用花裝飾而成的復活帽，其中的「花」，就是由這個「死而復活」的含意中所呼應出來的。

讓各位一下子要消化這麼多觀念，真是辛苦大家了！現在，讓我們趕快來看看最後總結的「兔子和鴨子」吧！

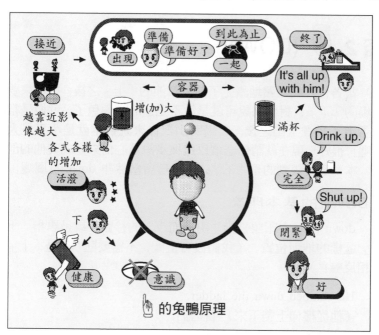

知道了這麼多的解釋，現在各位對「上」作何感想啊？有沒有讓你覺得精彩得不可思議?!以前連做夢都想像不到的內容，現在卻藉由「兔鴨原理」的解說，讓我們這些非英語系國家的人，也都能親身感受到外國人對英語的感覺。而且簡單易懂的說明，更讓我們能夠得心應手，充分地運用在日常生活中。只要簡單地記住二個字的單字，就可以引申出一連串不同的含意，讓各位的英語聽起來更道地、更多樣化了！其實，讓各位訝異的還不只這些呢！接下來，我們要解說更多更豐富、更有趣的內容讓各位一覽究竟，先從「下」開始吧！

§2 (DOWN)

當各位輕輕鬆鬆地讀完了前一章節的「上」之後，接下來要登場的「下」，對你來說可就是微不足道的小角色了。就像是當你習慣了攀登玉山之後，爬陽明山對你來說根本就是小巫見大巫吧！很好！現在就請你繼續以這種步調及心情來完成其他的部份，本章節要談到的是「下」，主角理所當然非 down 莫屬囉！

● DOWN的基本印象

down 的基本印象是指「由上而下」的移動，或是單指「下面」這樣的地理位置。（我們沒有畫圖，不需要吧?!就是「上」的相反嘛！）

He climbed **down** the ladder.
（他從樓梯上爬下來）[移動]
My boat is **down** the river.
（我的船在河的下游）[位置]

如果你已經具備了「由上往下」的觀念，相信應該也可以理解下面的句子。

I always find it difficult to **get** this cough medicine **down**.
（我總是很難把咳嗽藥吞下去）
Down that pint and I'll get another round.
（把這喝下去，我再去拿另一罐）

食物或飲料在喉嚨裡從上而下流下來，也就是吃東西或喝東西的意思，沒問題吧? 但相反地，如果是因為反胃、想吐的情況，那就得用 up 了。

Susan was really sick last night: she **brought up** her dinner.
（蘇珊昨晚病了，她把吃下去的晚餐全吐了出來）

從「吃、喝」可以引申出相當多的含意，而且都是相當容易聯想的，例如:

First, we have to **wash down** the wall.
（首先，我們必須把牆洗刷乾淨）

除了 **wash down** 之外，**dust down**（去掉灰塵）、**brush down**（用刷子刷掉汙垢）等，都是 down 的活用片語。別誤會，我們在這兒可沒有要替洗衣粉打廣告的意思哦! 請接著再看下面的句子。

He asked his secretary to **take down** a message.
（他要求他秘書做記錄）

寫字通常是拿筆朝下寫，所以會有「書寫、記錄」這樣的說法。除此之外，也可以改用 **write down, note down**（記下），或是:

I **got** her phone number **down**.
（我記下她的電話號碼）

等各式的說法。除了上述之外，另一個會以 down 來表現書寫的理由，就是因為當我們要聚精會神地寫文章或是工作時，大部份臉都會「朝下」，從這裡我們又引申出另外一個含意: **get down to work**「認真開始工作」。

當「下」表示地理位置時，通常也會讓人覺得是「沒有露出表面」的意思。

Deep **down** inside he's a nice guy.
（他很有內在美）

先前提到 down 與 up 是兩個相對的位置，既然 up 表示「直立、垂直」，那麼 down 就是「倒下、彎腰、橫躺」的意思囉！總之，就是「低下」的意思。

Sit down on the bench.
（坐下）
I need to **lie down** for a while.
（我需要躺一會兒）

DOWN

crack down

除了上面兩個例子外，另外像各位所熟知的：**knock down**（擊倒）、**fall down**（倒下）、**burn down**（燃盡）等，也都是相當常用的片語。還有在報上常看到的 **crack down**「嚴重取締、處罰」，也是用 down 來表示打擊罪犯的意味。此外，從剛才提到的 **fall down**（倒下），也很容易聯想到「輸了、失敗」的意思。

Unfortunately, our proposal has been **voted down**.
（很不幸的，我們的企劃案被否決了）
I usually **fall down** on the oral test.
（我的口試測驗經常不及格）

　　講了這麼多的引申意，可是連最基本表示位置「上方、下方」的「下」都還沒提到。

Put the pictures face **down** on the table.

（把畫朝下放在桌上）

Make sure you place it this side **down**.

（要確定你是把這面朝下放）

Not that way! Can't you see it's **upside-down**?

（不對！你沒看到它放倒反了嗎？）

　　基本暖身運動似乎做太久了，我們現在就趕快正式進入主題吧！

● 基本印象的延伸

① The standard of education in the UK is going **down**.（壞）

　　我們在前面提到過「上」代表「好」，那麼相對地，「下」就代表「壞」的意思。所以上面的例句我們就解釋為：「英國的教育程度愈來愈差。」

She has really **come down** in the world.

（淪落、落魄）

This company is **going downhill** fast.

（下滑）

This will affect everybody, from

the director **down** to the cleaners.
（從董事長到清潔工）

　　我們的母語裡也有類似「從上往下滑」的句型，表示「地位卑劣」的意思。所以就很容易聯想到 **look down on**（瞧不起、輕蔑）的意思。

　　有一個片語由 up 和 down 所組合，各位應該經常看到：**ups and downs**，是不是可以很容易地感受到它「上上下下」的含意？

　　Hor's business? Well, it has its **ups and downs**.
（生意如何？時好時壞）
　　We all have our **ups and downs** in life.
（生活不會永遠平順）

---

② The number of murder cases went **down** this year.
　　　　　　　　　　　　　　　　　　　　　　（減少）

　　「今年的殺人案件減少了」。既然之前提過「上」表示「增加」，那麼「下」當然就表示「減少」的意思囉！

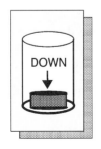

　　Boil down the sauce until it's quit thick.
（把醬汁煮到濃稠為止）［量］
　　I'm waiting until they **bring** the price **down**.
（我要等到他們降價）［價格］
　　Slow down—— there's a dangerous bend ahead.
（減速——前面有個急轉彎）［速度］
　　The noise **died down** and so I was able to get

on with my work.

（噪音減小了，我可以繼續開始工作了）［聲音］

My new students really **wear** me **down**.

（我的新學生讓我累壞了）［力氣］

接著我們要講「重要性」，一樣和 up 是相反的意思。

The police tried to **play down** the incident.

（警察不打算嚴辦此案件）

現在想請問各位，下面的句子是什麼意思？

What it **boils down** to is simply this.

各位是不是以為用了 down，就是「不重要」的意思？錯了！
這裡的 **boil down to** 正是「重要」的意思。為什麼呢？請仔細
想想，當我們一直熬煮東西時，燉到最後剩下的是不是正是「菁
華」的部份呢？所以囉！語言這個東西可不是一條通穿到底的，
要學會變通哦！

He **backed down** after the boss had talked with him.（遠離）

相對於 up 的「接近」，down 很顯然就是「遠離」的意思。
所以 **back down** 的字面解釋是「遠離意見或主張」，也就是「放
棄、不採用」的意思。請再看下面的句子，同樣也是「遠離」的
意思。

This story will be **handed down** from generation to generation.

（這個故事會一代一代地流傳下去）

Listening to music helps me to **wind down**.

（聽音樂會讓我沈靜下來）

hand down 有「傳遞、遞交」的意思，但換個角度想就是「離開」了某個人的手，到了另一個人的手的意思。wind down 則是傳達一種「遠離壓力」的味道。

Two problems **down**, one to go. (消失)

「已經解決兩個了，還剩一個」，也就是兩個問題已經「消失」了的意思。這也正是 up 表示「出現」的相反意思。

We're **down** to our last can of beer.

（我們已喝到剩最後一罐啤酒了）

The gauge is **down** to a quarter: stop at the next patrol station.

（油只剩四分之一了，下個加油站要停車加油）

③ Tie your dog **down**! (完全地、結束)

有沒有人覺得被作弄的感覺？生氣了？別氣別氣！這可不是作者故意要戲弄各位哦！語言這個東西，有時候就是這麼有趣，明明完全相反的觀念，卻是源自於同一個基本印象，奇怪吧？聽我慢慢道來。

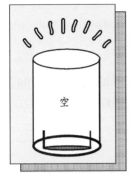

空

請各位先回想一下先前提過的「容器的印象」。如果一直加水進去，滿了就會「裝不進去 ☞ 完全終了、結束的意思」；同樣地，如果一直將水倒出，水面一直下降，到最後容器就「空了 ☞ 也就是完全終了、結束的意思」。沒錯吧?!所以 down 有這個意思一點也不奇怪，不是嗎? 經過這樣的解釋，你應該就可以感受上面的例句「把狗綁好（完全地）」了吧! 除了這個片語之外，還有很多片語都表示「結束」的意思。

My old car **breaks down** almost every week!
（我的老爺車幾乎每個星期都要壞一次）
Sadly, too many teachers have **nervous breakdowns**.
（可悲的是，相當多的老師都得了精神耗弱症）
Oh, no! All the computers are **down** again.
（哦! 不! 所有電腦的電源都斷了）

現在各位已經都知道「終了」的意思，所以當機能、活動「結束」時，也就是指處於停止狀態的意思。有了這樣的延伸，那麼相信下面的例句你很容易便可以理解了!

They just **shut down** the factory and moved to Thailand.
（他們結束了工廠，遷移到泰國去了）
So many small businesses have had to **close down** due to the recession.
（相當多的小型企業因為經濟不景氣而倒閉了）

shut down, close down 當然不是指用把鑰匙把它關起來的意思，而是指將現在正在從事的作業、活動等完全地停掉的意思。

④ The whole population was **down** after the sarin gas accident.
（消沈）

相對於 up 的「氣勢高漲」，down 就是「消沈、沈悶」的意思。上面的句子我們翻譯為「經過瓦斯外洩事件後，所有的人心情都相當低沈」。

I'm feeling **down** today.（心情不好）

看得出這兩幅畫的差別吧！

由於情緒「消沈、沈悶」，緊接而來的當然就是「心情不好」囉！照字面翻譯的意思是：「我覺得今天掉下去了」。其實，在我們的母語裡也用「掉落」的字眼來隱喻「心情不好」，真可說是「四海之內皆兄弟」呢！

It's understandable she should be a bit **down** after so many job rejections.
（她應徵了這麼多工作都沒錄取，心情不好是可想而知的）
He always **puts** me **down**.
（他總是打壓我）
Don't worry. I won't **let** you **down**.
（別擔心，我不會讓你失望的）

如何，很簡單吧！

down 有時也有從「興奮、高昂」的狀態降回到普通狀態的表現。請看下面的句子:

Calm down and let me explain!

（冷靜下來聽我解釋）

He's still very angry; give him time to **cool down**.

（他現在還是很生氣，給他點時間讓他冷靜一下吧）

We can't begin until everyone **settles down**.

（除非每個人的心情都穩定下來，否則我們不會開始）

I think you should **tone down** your speech for this conservative audience.

（這次的聽眾都很保守，所以我想你的論調就不要太尖銳了吧）

settle down 有「恢復平靜心情」的意思。以上四句的翻譯不是都用一模一樣的字眼，但所表示的意思卻都是一樣:「讓情緒從混亂中穩定下來」。

She's **down** with flu. （健康狀態）

「因為感冒，所以身體狀況不好」。我們講「身體上的消沈」，也就是指「健康狀況不良」的意思。

His father's deep **down** in a coma. （意識）

先前提到 **wake up** 的「上」是指「起床、有意識」，那麼「下」當然就是指「沒有意識」囉！上面的句子我們知道是「處於昏睡狀態」，也就是「沒有意識」的意思。

這句話可不是指「睡覺」的意思哦！要表示「睡覺」，我們另外會用 **fall asleep** 這樣的片語。

一口氣匆匆忙忙地講了這麼許多，原本應該擔心各位能不能消化吸收，但是想到如果各位都已經充分了解前一章節的 up，相信本章節一定也不會有什麼大問題了吧！

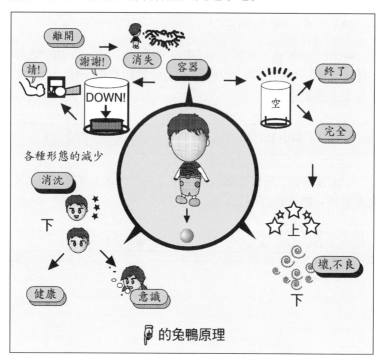

§3  (OUT)

不曉得各位是不是逐漸掌握到訣竅了呢？請繼續照著這樣的步調跟我們一起走下去！，現在該來談談「外」了。這個不起眼的小螺絲釘，是如何讓英語活起來的呢？就讓我們拭目以待吧！

● OUT的基本印象

out 不只代表「外」，同時也有「從內向外」移動的意思。嗯？你問我基本印象圖片在哪裡？在上面、上面啦！

When the alarm rang, they all **ran out**.
（當警報響起時，大家都往外跑）
We have to **clock in** and **out** at our company.
（我們上下班都要打卡）[指「進出辦公室」]
Get ou!
（滾出去）

此外，out 也有「在某個外面的地方」的意思，但說到這句話時，通常說話者及聽者雙方應該都很清楚所在地點的前後關係。

How often do you **eat out**?
（家的外面：出去吃）
Don't **stay out** too late: you have a test tomorrow!
（家的外面：別在外面逗留太晚）
I'm sorry, but Mr. Pitt is **out** at this moment.
（公司外：外出）

out 不僅可指具體的「外」，同時還有「抽象」的表示，指「對狀況不清楚、沒有進入狀況」的意思。

It's typical of hin to take the easy **way out**.

（他總是會把事情弄得很複雜）

接著我們要談的 out 稍微有點複雜，首先從例句開始。

Watch out!

（小心！）

在注意範圍之內

這句話的 out 並不是指什麼具體事物的「外面」的意思。請看左圖，說話者感覺到狀況已經超出了平常所能承受的危險範圍，所以才會用 out 來表示他的感受。另外像 **look out**, **mind out...** 都是相同的意思。

講到這裡，應該都還很容易吧！欸？你說太簡單，早都會了。是！是！啊？要作者退錢？一定！一定！但能不能請你耐住性子，先把下面的看完，到時再要退錢也不遲嘛！接著要講的內容可都很有趣哦！不看可惜。

● **基本印象的延伸**

我們先從比較單純的部份開始說起。「外出」這個動作可以延伸出「出發」的意思。

① We set **out** on our journey.（出發）

再見！

出來

請把焦點放在左圖人的身上。能不能感受出 out 的味道？從某個地方「開始出去」，也就是「出發」的意思囉！欵？還是太簡單了？再忍耐一會兒，精彩的馬上就要上演了。

They **sailed out** to sea and were never seen again.

（他們出航後就再也沒有回來了）

What time do I have to **check out**?

（我幾點得退房？）

Is she **goin out** with Chris?

（她和克利斯約會去了嗎？）

go out 的「外出」，引申為「約會」的用法可是相當常見的哦！

We'll **help** you **out** if you get into trouble. （脫出）

help out

困難的狀況

　　我們現在要講的比較難一些了，剛才說太簡單的人，現在請專心看哦！各位懂得 **help out** 所表示的意思嗎？它跟 help 又有什麼不同呢？事實上這裡的 out 並不是指單純的「出去」而已，它另含有「脫困」的味道，因此講 **help out** 比單講 help 來得更鄭重。相同的情況也可應用在下列幾個片語

中。

The bank was going to take back my house until my parents **bailed** me **out**.

（當銀行要拿走我的房子產權時，我的爸媽適時幫了我）

bail out 原是指「繳錢獲得保釋」的意思，這裡則引申為「用錢來助人脫困」的意思。這個 out 與之前的一樣，有「從困境中逃脫」的意味。

Let's find some distraction to **take** him **out** of himself.

（我們來找些事情讓他做，以轉移他的注意力）

Get me **out** of this mess!

（幫助我遠離這團混亂吧）

You got us into this mess, so you **sort** it **out**!

（是你把事情弄得一團亂，你就得解決它）

Sort it out!

sort out 是日常生活中相當常見的片語，你可能感受不到它有「整理、整頓、解決」的味道吧？因為 sort 原本是指「分類整理」的意思，就像現代新型的影印機都有 sorter，就是分頁機的意思一樣。這裡引申為「解決」，是因為它有「從混亂狀態中分類整理，擺平困難」的含意。

If only I could **get out of** the habit of smoking. （放棄）

「如果能把煙戒了那該有多好」。這裡的 out 我們可以把它想成「從某個組織、習慣、或是約束中脫離出來」的意思。

Two thirds of my Japanese class have already **dropped out**.
（我的日文課有三分之二都被當了）
They can't **back out** of the deal now.
（他們現在不能取消協議了）

難不成他想約我嗎？
chicken out

I was going to ask Mary for a date but I **chickened out** at the last moment.
（我本想約瑪麗，但到了最後關頭我還是打退堂鼓了）
I can't do this any more; I **want out**.
（我做不下去，想放棄了）

② She spoke **out** against Nuclear Weapons.（釋出）

所謂釋出，就是指將事物或能源從內向外發出，在我們的母語裡也有類似的說法，比如製造出、產出、放出聲音等。

Our fourth book is now **out**.
（我們第四冊的書已經上市了）
Did you know that Spice Girl had **brought out** a new album?
（你知道辣妹合唱團出新專輯了嗎）
After you've **let** the horses **out**, you can clean the stables.
（等你把馬遷出屋外，就可以開始打掃馬槽了）

應該都很容易理解吧?!如果各位都懂得了，那麼相信你也可

以體會出 factory **outlets** 的意思囉?「工廠將瑕疵貨便宜賣給客戶」,就是將產品從工廠「放」給客戶的意思。

你看看下面這句「釋放」出什麼?

Read it **out** for us.

當然就是「聲音」嘛! 因為聲音太小,所以說話者請他放大音量,讓聲音可以從內向外釋放出來的意思。另外以 out 來形容放出聲音的說法也不只這一種。

They were **banging out** an old Rolling stones number.
(演奏嘎響)

"Don't leave me," she **called out**.
(「別丟下我」, 她大叫道)

再讓我們回來討論「釋放」這個意思最早出現的那句話。

She **spoke out** against Nuclear Weapons.

這裡的 **speak out** 可不只是「大聲說出來」的意思而已, 它另外還有「將自己的意見表達出來」的味道, 也就是將自己內部的秘密意見釋放出來的意思。

講完了具體的「出去」之後, 接著就該來談談表示抽象的「感情、消息」等。

Different people **act out** their frustrations in different ways.
(不同的人用不同的方式來抒發自己沮喪的心情) [感情]

The victim's family is **crying out** for revenge.

（受難者家屬高聲疾呼要求賠償）[不滿的感情]

The news **went out** that Princess Di.was dead.

（新聞報出了戴安娜王妃逝世的消息）[訊息]

　　第一句 **act out**，各位可能比較難體會得出它的含意，就是「將感情表現在態度上」的意思，和 act 的原意蠻符合的吧!?第二句則是指說話者信心滿滿地「做出」要求或攻擊對方的意思。

He usually wins, not by playing better, but by **psyching out** his opponents.

（他通常會贏，但不是因為他真有本事，而是因為他用氣勢壓倒了對方）

③ Stretch **out** on the beach!（尺寸、質量增加）

　　說明到這裡，各位感覺如何呢? 嗯? 還是太簡單了!?囂張哦! 好! 沒關係，我們現在就搬出 out 最正點、最有看頭的單元出來讓各位瞧瞧。

尺寸的增大

　　以左圖為例，虛體比實體來得「更大、更寬」，如果實體是 out，那麼虛體便是 out 的引申，所以我們可以說 out 的「外」和體積的「變大、變寬」是很有關連性的，或者也可以解釋為「超過原實體範圍」的意思。下面三個例句也是相同的意思，請看：

Goodness, you've **filled out** a lot since I last saw you.

（天啊，你比我最後一次見到你時要胖了許多！）

Spread the map **out** on the table so we can all see it.

（把地圖攤開放在桌上，這樣大家都看得到）

She **has grown out** of the tee-shirts.

（她長大了，這件 T 恤已經穿不下了）

　　可以感覺到三句話都有「變大、變寬」的意思了嗎？另外 **stand out**（顯目）也有同樣的意味，因為比原來的尺寸更大，所以從別的角度看去，會更覺得「醒目、顯眼」。

She is the sort of person who **stands out** in a crowd.

（她在一群人當中總是顯得特別耀眼）

　　「超過原實體範圍」並不只局限於「尺寸的增大」而已，另外像「數目的增加」、「質量的提升」等，都可算在內，現在就讓我們來看看。

outdo（勝過），**out**grow（長得比～更大或更高），**out**last（比～耐久），**out**live（活得比～長久），**out**number（數量上勝過），**out**run（跑得比～快），**out**shine（照得比～更亮），outwit（以機智勝過），多得不可勝數吧！

Does the Porsche Boxster **outperform** the Merc SLK for acceleration.

（Porsche 的 Boxster 在加速上有沒有比 Merc 的 SLK 來得強）

④ Miniskirts are **out** this year.（脫離、逃脫）

　　請先看下頁的圖片。人類是很奇怪的動物，常常會劃地自限，在圈圈內的就是「好的、被允許的」；而在圈圈外的，就是「壞的、不被允許的」，所以我們不也有一句話叫做「在允許的範圍內」嗎？上面的例句提到「今年已經不流行迷你裙了」；相反地，如果要講正在流行則是 Miniskirts are **in** this year. 再讓我們多看幾個其他的例子。

Miniskirts are out.

流行

This isn't right: we must be **out** in our calculations.

（一定是算錯了）

I've torn a ligament so squash is **out**

（我的韌帶受傷，所以不能打軟式網球了）

Robin Hood was a famous English medieval **outlaw**.
（羅賓漢是中世紀時英國有名的歹徒）

　　以上的「外」都是指「正確的範圍之外」、「容許的範圍之外」，甚至最後一句還是「法律之外」的意思。最後我們再出一道問題，如果各位懂得，那你就可以「出師」了。

　　a. He is **out of his head**!

　　b. You must be **out of your mind** to do that.

　　c. That's a **way-out** dress your'e wearing!

　　都沒問題吧？　a.句的 crazy、　b.句的「心術不正」，都在形容「超越了正常的精神狀態」；c.句的 way 稍微難點，你知道是什麼意思嗎？它在這裡可不是「道路」的意思，而是指 away（離開），所以這句話的意思，其實就是要表達對方「穿了一件奇怪的衣服」。

The with doctor **drove out** the evil spirit from him.
（驅逐、趕走）

　　被迫脫離某範圍之外，也就是被「驅除、趕出」的意思。其中 **rule out**（除外）就是個相當典型的例子。

…drove out the
evil spirit from him.

At this point in time the po-lice are not **ruling out** foul play.
（警察沒有被排除犯案的可能）

另一個相同的例句為:

We must all work hard to **root out** such crimes from our soci-ety.
　　　　（我們一定要盡全力來杜絕社會上的犯罪事件）

　　They **kicked** me **out** of the team.
　　（他們把我趕出團隊）

可以感受到 **root out** 就是連根拔起剔除的意思吧!

⑤ The moon is **out** already.（原本隱藏的事物顯露出來）

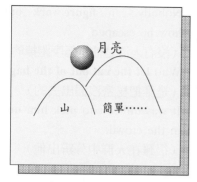

月亮

山　　簡單……

上句的意思是「月亮出來了」，因為月亮原本是躲藏起來的，時間到了就會自動露出臉來了。所以 out 就有另一個引申意：「原本躲起來的、看不見的東西，現在都出來了」。

Truth will **out**, as the saying goes.

（真相終會大白）

有沒有一點像是在辦案，要把 CIA 的陰謀揭穿的感覺？這裡的 out，語意不只侷限於此。

　　另外像 **find out**（找到），是指一直找不到、沒看到的東西，突然間找到了的感覺。**ferret out**（偵測出）也是差不多的味道，ferret 是一種雪貂，專門用以追捕地底下的老鼠或兔子，所以這裡的 **ferret out** 便有「搜出秘密的情報、嫌疑犯」的意思。**make out** 則是指「可以理解、釐清」某些事物。

I can't **make** it **out**: it's too far away.
（太遠了看不見）
I can't **make** him **out** at all: he's a mystery to me.
（他像是個謎團，我一點也搞不懂）

　　這樣的解說各位都能理解嗎？利用 out 的含意，讓一件件渾沌不清、模糊難懂的事物全都一目了然，就是這麼簡單。

Out with it !

不說不行的

Nobody can **figure/work out** how he escaped.
（沒有人清楚他是怎麼跑掉的）
Who **let the cat out of the bag**?
（是誰把秘密洩漏出去的）
It was difficult to **pick** him **out** in the crowd.
（很難在人群中分辨出他）
Come on. **Out with it**.
（別猶豫，快說出來吧）

　　雖然片語這麼多，但每一句都是「引出事實」的意思，相當容易。所以如果還有人要用背的，那可真是太笨了哦！切記用感覺！用感覺的！

　　最後我們再出個「暴露、顯露」的問題，請看下文：

a. More and more gays are **coming out** now.

b. Our fear **turned out** to be groundless.

a.句「愈來愈多的同性戀者願意公開表態」；b.句「我們無端地感到恐懼」。兩句都是在傳達出一種看不見、摸不著，但卻真實存在的情緒。

War has **broken out** in the Middle East.（突然發生）

　　「躲藏不見的東西出來了」可以與「發生、表現」產生相關性。譬如例句中「中東戰爭突然爆發」，便是指原本沒有的事突然「發生」在眼前的意思。接著的例句是表示「出現、表現」。

The cute little pup popped its head **out** of the basket.

（可愛的小狗從籃子中探出牠的頭）

---

⑥ Quick, we're **running out** of time!（沒有、不見）

　　如果圈圈裡面的人一直往「外」走，到最後都走光了，是不是就等於「沒有了、不見了」的意思？因此我們便可以再引申出另外一個意思「消失、沒有」，例如上句的「時間不夠」了。同樣地，

I'm sorry but we've **sold out** of *Native Speakers' English Grammar*.

（對不起，*Native Speakers' English Grammar* 的書我們已經賣完了）

　　「不見」當然也可以指「非實體」的東西，比如抽象性的形容。

Finally, his patience **gave out**.

（他到最後終於失去了耐心）

Unfortunately, the white rhino is **dying out**.

（不幸地，白犀牛正處於絕種的邊緣）

The whole village was **wiped out** by the rebels.

（全村因反抗而遭消滅）

Don't **rub out** what the teachers' written on the board.

（不要把老師寫在黑板上的字擦掉）

　　我們也可以用 out 來形容「火、光」的消失，正確說法應該是說「滅掉」的意思吧！

Why are all the lights **out**? We can't see a thing in here.
（為什麼燈全滅了？我們在這裡什麼也看不到）
He **stubbed out** his cigarette.
（他熄掉了香煙）

接著請各位看看是什麼不見了？

They bumped heads and both of them were **out** for ages.

你不會把它翻譯成「撞到頭然後外出」吧？這麼聰明的讀者當然是不會的！這句話的含意是「不省人事」的意思。因為意識跑出了身體外，所以就「失去知覺」了。英語有趣得很，可以把「燈滅了」比喻為「失去知覺」，因為人沒有了意識，就像是眼界未開，一片黑暗的意思。所以英語的 **black out** 可以同時用來比喻「光及意識」兩種用法。

I only caught a glimpse of the attacker before **blacking out**.
（我只瞥到打我的人一眼，然後就昏倒了）
There was another **blackout** in our area last night.
（昨天晚上我們那裡又停電了）

Just **hear** me **out**, will you? （完全地）

我們可以由「沒有留下、不見」，再引申出「全部、完全」的意思。所以上文便可翻譯為「你給我仔細聽好」。這類的用法還有很多。

I'm always **tired out** after my aerobics class.

（累癱了）

This is a very well **thought-out** plan.

（這是個思慮周慮的計劃）

If you have a problem, it might help to **talk it out**.

（如果遇到困難，說出來會比較好）

另外還有一個很有趣的說法：

You'll **eat** us **out of house and home**!

（你會把我們吃個精光）

有時小朋友向大人要錢時，大人就可以說這句話，讓他知道「我不會給你錢」的意思。

　　說了一大串的「外」，現在要講的是最後一個了。

Chris is an **out and out** liar!

（克利斯是個超級大騙子）

不需要再說明了吧?! 簡單得很，不是嗎? 好了，我們趕快來替 out 做個總結。

§4 ↔ ●(OFF)

　　現在要談的是四小巨人中的最後一個：「離」。讀到這裡，相信各位已經都能抓到訣竅，所以最後的「離」，一定也不會是你的對手的。現在馬上就讓我們進去一窺究竟吧！「離」的當然代表是 off。

● OFF的基本印象

　　受過了前面的多項訓練，想必早已經啟動了各位豐富的想像力列車了吧！所以我們這回換個方式，先出個問題讓各位思考一下 off 所代表的含意。注意哦！含意不只一個，所以就請讓你自己的想像力遨遊天際吧！

　　Everything is off.

　　如果你一開始就可以想出一到二個解釋，已經可以算是很好的了。但想想還是要告訴各位實話，外國人是可以想出「一牛車」的；作者稍微動動腦，馬上就可想出五個不同的解釋。所以等各位讀完這一章時，請再回過頭來體會一次，相信你一定不會讓外國人媲美於前，而能領悟出更多不同的新感受。

　　好，現在正式進入主題，從 off 的基本印象「離開」開始。

　　They collected their food and moved **off**.
　　（他們買完食物後便離開了了）

　　除了表示「離開」的動作之外，off 同樣也有「地理位置」的關係。

5km

5 kms off
the coast

We're about 5 kms **off** the English coast.

（從海岸到這裡約五公里）

My wedding day is only 3 weeks **off**.

（離結婚典禮只剩三週）

和前面三者相同，不論是實際的「場所、時間」，或是抽象的「隔離」，都可以用 off 來表示。

[心理方面的隔離]

Let's watch a comedy to help **take your mind off** things.
（我們看本漫畫歇口氣吧）

[健康狀態的脫離]

I **feel** a bit **off** this morning: it must be the curry I ate.
（今早覺得身體不舒服，一定是因為吃了咖哩的關係）

[容許範圍的脫離]

They're going to tax all business perks... don't you think **that's a bit off**?
（他們打算連營業小費都要課稅，你不覺得太過分了嗎）

從句子的前後關係，你應該可以很清楚地了解 off 所扮演的角色吧！

接著，我們要來看看這個單純的 off，可以引申出哪些不同的含意。

● 基本印象的延伸

首先，我們照例從最單純的開始說起。

---

① She got **off** the bus. （出去、出來）

這應該算是所有基本印象延伸中最能被大家接受的了。「離開」引申為「出去、出來、出發」，在交通工具方面，則可以說是「下車」的意思。

I saw them **getting off** the 9 o'clock train.
（我看到他們從九點鐘的那班火車下車）
They've **gone off** to the beach for the day.
（他們去海邊一日遊）
Tom's just **popped off** to the bank.
（湯姆剛急速離開去銀行）
I suggest we **set off** very early tomorrow morning.
（我建議我們明天一大早就出發）

此外，表示「送行」的 see **off**，換個角度想，不也就是對方要「出發」的意思嗎？

We're all going to **see** Kent **off** at the airport.
（我們打算去機場替肯特送行）

也可以單說一個字 off，來表示出發、出去的意思。

I'm **off**.

（我走了）

Where are you **off** to?

（你要去哪裡）

附帶一提的是, off 也常被用在許多粗魯的字句上, 譬如表示 Go away. （滾開、消失）等的句子。

Clear **off**! Buzz **off**! Push **off**! Shove **off**!

♠ Piss **off**! Bugger **off**! Fuck (F) **off**!

[有♠的符號, 表示該句話相當不雅, 讓人無法忍受]

We'll **kick off** the show with our latest hit song. （開始）

I'd like to start off…

去旅行真好

「出發」和「開始」幾乎可視為相同的動作, 所以才會產生上面的例句:「以我們最新、最受人歡迎的歌來揭開這場秀」。

I'd like to **start off** by thanking you all for coming.

（在揭開序幕前, 我要先感謝所有蒞會的貴賓）

此外, 還有許多表示「開始」的片語。

The Foreign Minister's comment **touched** (**sparked**) **off** an international furore.

（外交部長的一席話引發了國際問題）

I've been trying to **get off with** Mary for ages.

（我打算要一直和瑪麗在一起）

touch off 是指因為 touch 了某事件，而引發了後續動作；**get off with** 則是男人間相當通俗的說法，「要開始與～交往」的意思。因為這句話有「性」方面的暗示，所以如果是女性說這句話，可是會讓人退避三舍的哦！

---

② Take **off** your jacket. （脫下、取下）

---

　　take off 解釋為「脫」，也就是「離開（身體）」的意思。但除了 **take off** 可以表示「脫」之外，其他還有很多片語也是表示「脫」，例如：

Help me off with these, darling!

呵呵

Get your filthy clothes **off**!
（脫掉髒衣服）
Help me **off** with my boots, will you?
（脫掉靴子）

　　此外，表示「脫離暴亂」的 **tear off**、「脫下」的 **pull off** 等，也都是表示「脫」的意思。看過這麼多的解釋，英語以 off 來表示「脫」，理由夠充分了吧！現在，我們再來看看下面的例句，以測試你是不是真的能感受「脫」的意味？

When did you **shave off** your moustache?
I usually **sweat off** a couple of kilos every time I play squash.

有沒有體會出「剔除」、「流汗而減輕體重」有「脫」的味

道呢?

[從名單等除去]

　　「剔除」不只是「從身體上」除去而已，它另外還有相當多的用法。

　　Why did they **leave** Dr. King **off** the guest list?
　　（為什麼他們把金博士從名單上剔除了呢）

下面的句子稍微複雜一點:

You ripped me off !

Monkey's brain is **off** today, I'm afraid.

（現在恐怕已經沒有人在吃猴腦了）

　　還有各位常聽到的: 50% **off**。這是句非常標準的英語，表示在商品促銷時，從原價中「剔除」了50%的意思。

[從他人身上除去]

　　換句話說，就是「搶奪」別人東西的意思。

　　The thief **made off with** her handbag.
　　（奪走了）

其他像 **run off with** ～,**walk off with** ～等，也都是相同的意思。至於 **rip off**（圖暴利），則在《自然英語會話》一書中已經說明過了。

③ This section has been closed **off** for repairs. (不能進入)

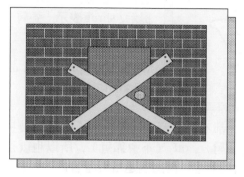

　　命令別人「離開」，也就是要別人「不能靠近、不要進入」的意思。所以圖片中就以一扇鎖著的門來表示「門鎖上了，進不去了」。但是例句中的 **close off**，則不單指「上鎖」而已，它還含有「誰都不能進去」的味道（因為這個區域正在整修，所以禁止進入）。此外，**wall off**, **fence off**（因為有道牆、籬笆擋著，所以誰也進不去），甚至

Keep off the grass.
（禁止進入草坪）

等，都是禁止進入的具體表現。以下要看的則是抽象形態的「禁止進入」。

The doctor advised me to **keep off** the booze for a while.
（醫生建議我暫時停止喝酒）
He assured me he'd **sworn off** drugs.
（他發誓他要戒毒）
Hold off the press for as long as your can.
（儘可能避開記者）

Shrug off

接下來，我們要考考各位了。請想想看下面的句子是什麼意思？給各位一點提示，shrug 表示「聳肩」……

My boss simply **shrugs off** any kind of criticism.

「我的老闆對任何的批評都不會在意」。對於別人的批評及抗議，都只是 shrug（聳聳肩）、off（不會靠近），所以也就是不會放在心上，不予理會的意思。再出個題目考考各位：

That teacher is always **telling us off**.

不太容易聯想得出來吧？**tell off** 是「斥責」的意思，因為說話者不希望對方再犯相同的錯，所以有防止錯誤、將犯錯的行為鎖上的意思。

④ Who let **off** that gun?（砰）

真是抱歉啦！因為作者實在是找不到合適的字眼來敘述這裡的 off，所以只好用這種「擬聲語」來作解釋。其實它的意思也很簡單，就如圖片中所畫的一樣，表示「子彈從管中發出」的意思，可別誤以為是「槍離手了」哦！發射子彈時，是不是會有「砰」的一聲啊？所以作者用「砰」來形容 off 的用法，應該還算聰明吧？！另外還有一個例句：

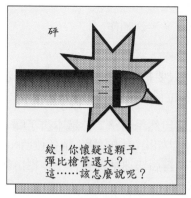

砰

欸！你懷疑這顆子彈比槍管還大？這……該怎麼說呢？

請惠賜一票

各位鄉親父老

對了，掉幾滴眼淚吧！上次也是用這套技倆才當選的

Bombs were **going off** throughout the night.

（爆炸聲響了一整個晚上）

你能體會出碎片瞬間爆裂伴隨著爆炸聲「砰砰砰」的感覺嗎？此外，**let off** 是指「放屁」（氣體從身體中爆裂出來……）。形容得太直接，真是不好意思！

之前形容的是具體的氣體爆裂，如果用在抽象方面呢？

Politicians are always **sounding off** about something or other!

「政治家總是愛滔滔不絕地吹噓」。可以理解嗎？另外像 **show off**（誇耀、賣弄），**mouth off** 等，也都是差不多的意思。

He never stops **mouthing off** about how good he is!

「明明不想聽，對方卻滔滔不絕地說個不停」的意思。接著我們看最後一個例子。

Screaming is his way of **letting off steam**!

（他大聲尖叫以抒發鬱悶的心情）

可以理解吧！

⑤ I get **off** duty in half an hour.（解除動作）

這是 off 最後一個例句了，只要把它和下面要解說的表示「接觸」的 on 做個對照，相信各位很容易就可以理解了。

不知各位是否已經讀完《英文自然學習法二》這本書了嗎？因為 off 與 on 有相對的意味，所以如果可以的話，請各位將 on 的部份看過，份量不多，可以站在書店快速地瀏覽一下，相信會讓各位對 off 有更深一層的認識。

接觸的 on 因為「緊挨著、跟隨著」的意思，所以可以引申出「進行中」的含意。就拿 **on duty** 來說吧！緊挨著 duty，是不是就是「值勤中」的意思呢？再譬如 **on fire**，跟隨著 fire，也就是「著火」的意思。另外像 **read on**（繼續唸書）、**keep on studying**（努力用功讀書）等，都是在敘述「持續某一項活動」的狀態。

off 則與 on 完全相反，**off duty** 表示「卸職」，也就是「沒值班、休息」的意思。接下來的兩個句子，只要你將 on 與 off 做個比較，立刻就可以明瞭它們的意思。

We won't know if the match is **on** or **off**, until the referee inspects the pitch.
（直到裁判員檢查了球場之後，我們才能確定究竟要不要比賽）
Will she ever get **off** that phone —— she's been **on** for ages!
（她那通電話究竟打完了沒？—— 她已經講了一輩子了耶）

機器設備的開 /關當然也是以 on/off 來表示。

ON   OFF

The TV is **on/off**.
Turn (Switch) the radio **on/off**.
The heater is **on/off**.

有趣的是，on/off 的「活動與停止」也可以用來表達人心裡的感受。

His voice **turns** me **on/off**.
（我聽到他的聲音，心就撲通撲通地跳 /毫無感覺）

心的感覺 off，也就是「沒興趣」的意思。此外，睡著時沒有意識狀態也可以「心 off」來表示。

I often **drop off** while reading a book.
（我只要一唸起書來就變得昏昏沈沈的）
They **went off** to sleep in no time.
（他們才一轉眼的工夫便睡著了）

What time do you **knock off** work?（完畢）

「離開某活動」也可以解釋為「某活動結束、完畢」的意思。所以這個例句就以 off 來敘述「你幾點可以完工？」可說是相當淺顯易懂的聯想吧！其他還有許多片語也是形容「完畢」。

Jim **polished off** his dinner in 5 minutes flat!
（很快結束）
They **pulled off** the deal.
（獲得成功、達成協議）

The deal's **off**!
（交易不成）
My car's a **write-off**.
（完全無用）

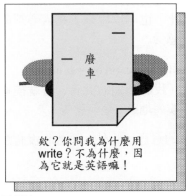

廢車

欸？你問我為什麼用 write？不為什麼，因為它就是英語嘛！

最後一句的 **write-off** 相當常見，但不太容易讓人聯想它的含意吧?!本來一輛好好的車，可能因為出車禍而全毀報廢了，所以它就是「完蛋、完了」的意思。

　　辛苦各位了！off 到這裡正式告一段落。對了！在一開始時，我們說到要回頭去看第一個例句。

Everything is off.

　　你聯想到了幾個意思？有沒有比最初的時候多了好幾個？應該有吧！這中間的差別，正是各位英語語感已加強了好幾倍的證明呢！什麼？你說是因為託我詳細解說的福？不！不！不！我只是引領各位開發自己原有潛在的語言能力罷了，正所謂「師父引進門，修行可要看個人呢！」不過不可否認的，只要把英語看作和我們的母語一樣有趣易學，相信沒有什麼可以難得倒各位的！

　　唸完本書，不知道是否有讀者發現到，其實「英語和我們的母語相通之處還相當多呢！」沒錯！這也正是作者希望各位能牢牢記住的一個重要觀念！另外，也絕對沒有外國人會認為「你的英語不可以這麼用」，他們只會鼓勵各位能盡量說得愈多愈好。

　　所以請各位一定要把握住一個觀念，學英語最重要的就是要一直不斷地使用它，日積月累下來，你就會發現自己的感覺與外國人的愈來愈近了。因為說穿了，無論英語或是我們的母語，再怎麼變，它們的基本觀念其實還不都是一樣的嘛！

後　記

　　呼！終於到最後的階段了。真的很感謝各位耐著性子、辛苦地看完本書。要是各位都能覺得「原來英語根本沒有這麼難」，那就再也找不到比這更值得作者欣慰的事了。

　　「英文自然學習法」這一系列的書籍，已經翻譯成韓文，並受到廣大讀者熱烈的迴響。接下來，我們還預計要出版《英文自然學習法四》，介紹動詞的用法。作者雖然很想再一鼓作氣地完成新書，但回頭想想撰寫這系列書籍的三年來，作者不眠不休地，不管假日或是工作日，只要一有空檔就是提筆寫書，連與家人聚會的時間都被剝奪了……。最近作者的女兒只要一看到作者，便直嚷著「爸爸工作！爸爸工作！」真讓作者有不勝唏噓之感哪！編輯本書的山本先生也經歷了同樣的慘況，女兒老是對著他嚷求著「我們出去玩啦！一下下就好啦！」他女兒竟然連小小的心願「去迪士尼樂園玩」都無法實現，唉！

　　好了，各位，後會有期！

大西泰斗
Paul C. McVay

參考文獻

在撰寫本書時，作者參照以下的書籍及論文：

中右實，《認知意味論的原理》，1994，大修館書店
安井稔，《言外之意》，1978，研究社出版

Antinucci, F. and D. Parisi (1971):On English Modal Verbs, *CLS* 7, 28–39.

Coates, J. (1983): *The Semantics of the Modal Auxiliaries,* Croom Helm, London.

Fraser, B. (1975): Hedged Performatives, in Cole, P. and Mogan, J. (eds.), *Syntax and Semantics 3: Speech Acts,* Academic Press, London.

Huddleston, R. (1979): Would have become: empty or modal will, *Journal of Linguistics 15,* 335–340.

Jackendoff, R. (1983): *Semantics and Cognition,* MIT Press, Cambridge, MA.

Lakoff, G. and M. Johnson (1980): *Metaphors We Live by,* University of Chicago Press, Chicago.

Lyons, J. (1977): *Semantics,* Cambridge University Press, Cambridge.

Palmer, F. R. (1979): *Modality and the English Modals,* Longman, London.

Swan, M. (1980): *Practical English Usage,* Oxford University Press, Oxford.

Traugott, E. C. (1989): On the rise of epistemic meanings in English: an example of subjectification in semantic change, *Language 65,* 31–55.

Tregidgo, P. S. (1982): Must and may: demand and permission, *Lingua 56,* 75–92.

Wittgenstein, L. (1958): *Philosophical Investigations,* Trans. G. E. M. Anscombe, Basil Blackwell, Oxford.

三民辭書系列

不可或缺的英語智囊團

皇冠英漢辭典

詳列字彙的基本意義及各種用法，針對中學生及初學者而設計。

簡明英漢辭典

口袋型57,000字，輕巧豐富，是學生、社會人士及出國旅遊者的良伴。

精解英漢辭典

雙色印刷加漫畫式插圖，是便利有趣的學習良伴，國中生、高中生適用。

新知英漢辭典

收錄高中、大專所需字彙43,000字，強化「字彙要義欄」，增列「同義字圖表」，是高中生與大專生的最佳工具書。

新英漢辭典

簡單易懂的重點整理，加強片語並附例句說明用法，是在學、進修的最佳良伴。

廣解英漢辭典

收錄字彙多達10萬，詳列字源，對易錯文法、語法做解釋，適合大專生和深造者。

輕輕鬆鬆．．．．

暢遊國際地球村

國家圖書館出版品預行編目資料

英文自然學習法（三）／大西泰斗（
Paul C. McVay）著，張慧敏譯
.--初版.--臺北市：三民，民87
　　面：　　　公分
參考書目：面
ISBN 957-14-2796-9（平裝）

1.英國語言-文法

805. 16　　　　　　　　　　　87001626

ⓒ 英文自然學習法（三）

著作人　大西泰斗（Paul C. McVay）
譯　者　張慧敏
發行人　劉振強
產著作財
權人　三民書局股份有限公司
　　　　臺北市復興北路三八六號
發行所　三民書局股份有限公司
　　　　地址／臺北市復興北路三八六號
　　　　電話／二五○○六六○○
　　　　郵撥／○○○九九九八──五號
印刷所　三民書局股份有限公司
門市部　復北店／臺北市復興北路三八六號
　　　　重南店／臺北市重慶南路一段六十一號
初版　中華民國八十七年三月
二刷　中華民國八十九年九月
編　號　S 80183
基本定價　叁元肆角
行政院新聞局登記證局版臺業字第○二○○號

有著作權‧不准侵害

ISBN 957-14-2796-9（平裝）